QUE SAIS-JE ?

La littérature française du Moyen Age

DOMINIQUE BOUTET

Ancien élève de l'École Normale Supérieure
Professeur à l'Université d'Amiens

ARMAND STRUBEL

Ancien élève de l'École Normale Supérieure
Professeur à l'Université d'Avignon

Cinquième édition corrigée

28e mille

DES MÊMES AUTEURS

Littérature, politique et société dans la France du Moyen Age, Paris, PUF, coll. « Littératures modernes », 1979.

ISBN 2 13 045750 9

Dépôt légal — 1re édition : 1978
5e édition corrigée: 1997, avril

108, boulevard Saint-Germain, 75006 Paris

INTRODUCTION

Le présent ouvrage voudrait simplement permettre aux étudiants qui abordent la littérature médiévale d'en prendre une vue aussi complète que possible, sans pour autant s'y perdre. Les auteurs se sont efforcés d'enraciner cette littérature dans la civilisation où elle est née, ou plutôt dans les diverses sociétés dont elle procède : le monde féodal ou celui des clercs (qui ne sont pas aussi distincts qu'on l'imagine : à preuve le lancinant problème de l'origine des chansons de geste), la société d'Oc ou la cour d'Angleterre, le public beaucoup plus large des fabliaux, dans lesquels on se gardera bien de voir une simple littérature bourgeoise, des foyers intellectuels ou politiques comme Saint-Denis, bien d'autres milieux encore. Il fallait également montrer comment cette littérature dégage progressivement l'histoire de la légende, la satire de l'écriture moralisante, le théâtre du drame liturgique. Il a paru important de souligner la coupure des années 1250-1280, après laquelle la littérature entretient des rapports nouveaux avec l'actualité qu'elle réinterprète selon les schémas et les types qui lui sont propres avant de devenir, pendant la guerre de Cent ans, soit une littérature de combat ou de déploration, soit le lieu privilégié où se mettent en scène les rêves d'une aristocratie qui théâtralise volontiers son existence. Au XVe siècle, la réflexion sur le pouvoir politique, la crise de la conscience collective et l'élaboration d'un humanisme annoncent la prochaine « Renaissance ».

Pour présenter un panorama vraiment complet, il eût fallu faire plus que des allusions à la littérature latine de l'époque, qui imprégnait bon nombre d'esprits cultivés : l'existence sur ce sujet, dans cette même collection, d'un volume particulier, nous a dissuadés de le faire. On ne s'étonnera donc pas de ne rien trouver, dans le présent ouvrage, sur la poésie goliardique ou sur les chroniques universelles latines.

En revanche, nous avons considéré la littérature française dans son sens le plus large : il était hors de question de laisser dans l'ombre des œuvres nées en terre angevine ou anglaise, ou d'exclure la poésie trobadoresque en langue d'oc.

Le lecteur s'étonnera peut-être d'une disparate dans la présentation des genres littéraires, au beau milieu de la première partie. Nous avons en effet négligé, dans nos exposés sur la chanson de geste et le roman, de résumer des œuvres importantes, tandis que dans d'autres chapitres de brèves analyses sont consacrées à des œuvres de moindre valeur littéraire : c'est qu'il nous a semblé qu'un court résumé de l'*Image du monde* serait plus utile qu'une note rapide sur la *Chanson de Roland* ou sur le *Chevalier au lion,* dont la lecture directe est indispensable. Quant aux différences de style et d'esprit que l'on pourra constater entre la première et la seconde parties, elles doivent être attribuées à la personnalité de chaque auteur (de ce point de vue, les paragraphes sur l'allégorie qui se trouvent dans la première partie sont à rattacher à la seconde). Nous espérons que malgré ces disparités le lecteur pourra distinguer clairement les lignes de force d'une littérature qui s'imaginait moins à l'enfance du monde moderne qu'à la veille de la fin des temps.

PREMIÈRE PARTIE

DES ORIGINES A 1250

Chapitre I

LA NAISSANCE DES PREMIÈRES ŒUVRES FRANÇAISES

I. — La transmission de l'héritage carolingien

1. **La poésie latine.** — A l'origine de la renaissance carolingienne, il y a une nécessité administrative. Un empereur, Charlemagne, veut que ses décisions soient appliquées dans tout l'Empire : il faut, pour cela, restaurer l'usage de la langue latine et la rendre compréhensible par tous ses représentants. Conséquence du rétablissement de l'ordre et du développement, si modeste soit-il, de l'instruction : les œuvres littéraires, et particulièrement la poésie, prolifèrent. Nous n'insisterons ici que sur les aspects qui importent pour la compréhension de la future littérature romane[1].

A côté d'une poésie de type métrique, savante, apparaît une poésie rythmique, plus simple, fondée sur une syntaxe aisément compréhensible, dont les thèmes ne seront pas oubliés : poésie

1. Cf. M. Hélin, *La littérature latine au Moyen Age*, coll. « Que sais-je ? », PUF.

épique, chantant tel héros vainqueur (avec l'apparition du *planctus* qu'illustrera le *Roland*). Parfois, de longues œuvres s'attachent à la glorification d'un règne : ainsi le poème d'Ermold le Noir sur Louis le Pieux. On y voit par exemple Guillaume se charger de la guerre sarrasine aux lieu et place de Louis. Mais aucun aspect religieux n'est négligé : construction de monastères, distribution aux pauvres et aux églises de l'or amassé par Charlemagne, commissaires incorruptibles envoyés aux quatre coins de l'Empire pour y faire triompher la justice, rencontre à Reims avec le pape Étienne. Louis, supérieur même à Salomon, fait triompher partout dans la paix la justice et l'Église ; Hérold, roi des Normands, finit par accepter le baptême avec tout son peuple, par reconnaître en Louis le juste empereur des chrétiens et par lui faire don de sa personne et de ses terres. C'est tout l'idéal de la philosophie augustinienne (cf. *infra*).

Autre œuvre marquante : le poème épique du *Waltharius,* dont l'allure et la géographie germaniques s'accordent mal avec l'origine aquitaine du héros (Gauthier). C'est un chant héroïque, dans lequel on voit un personnage combattre victorieusement, à pied, contre de nombreux ennemis montés. Le thème de l'amour, sans être absent, ne joue pas un rôle capital (il encadre l'action plus qu'il ne la détermine). L'influence de l'Antiquité (Virgile, Prudence) est faible ; cette œuvre ne ressemble en rien aux anciennes épopées, elle inaugure un style nouveau et serait peut-être l'un de ces vieux chants germaniques que Charlemagne avait fait transcrire par écrit : l'ancêtre de nos épopées romanes ?

2. **Le mythe carolingien.** — A l'origine, deux sources : historiographique, principalement avec Eginhard, et politico-religieuse avec Alcuin et la philosophie augustinienne.

La *Vita Karoli Magni* reste bien proche encore de Suétone, mais elle présente déjà un empereur religieux, dont les guerres de Saxe ont pour but la conversion des ennemis, et qui s'efforce de pratiquer une politique d'amitié avec les princes d'outre-mer pour obtenir une amélioration de la condition des chrétiens qui vivent en terre non chrétienne. Souverain unificateur, il s'applique à codifier et à rassembler les lois diverses de ses peuples. Il ne néglige pas non plus les exercices physiques. On est encore bien loin, donc, de la *Chanson de Roland.*

Pour Alcuin, son précepteur, Charlemagne est le roi des rois, « le grand et pacifique souverain couronné par Dieu ». Plus tard, par exemple chez Walafried Strabo, abbé de Reichenau, l'image devient plus ambiguë : malgré ses fautes, qu'il expie au purgatoire (relâchement moral de sa cour, accaparement de certains biens de l'Église, etc.), Charles est prédestiné au sort des élus. Au Xe siècle, les *Gesta Karoli Magni* de Notker, moine de Saint-Gall, exaltent sa piété, son invincibilité, sa tempérance et vont jusqu'à le déclarer « saint ». A l'extrémité de cette chaîne, Otto de Freising (milieu du XIIe siècle) considère l'Empire de Charlemagne, cité terrestre, comme la préfiguration de la Jérusalem céleste.

3. **La conception augustinienne.** — A l'origine, le *De Civitate Dei* de saint Augustin et ses deux notions de *pax* et d'*ordo*. Ses principaux successeurs de l'époque carolingienne : Alcuin, puis Jonas d'Orléans, Hincmar de Reims, Sédulius Scottus. Justice et tempérance sont les vertus majeures du souverain qui doit être un modèle pour ses sujets : car ainsi il conduira son peuple au salut éternel. Chez Alcuin, la royauté carolingienne est proche de la royauté biblique : nouveau David, supérieur au clergé, couronné par Dieu, Charlemagne a seul droit au titre de roi du peuple chrétien. Jonas en revanche ne dit pas si l'autorité royale, évidemment d'origine divine, procède directement de Dieu. Hincmar attribue à l'onction, « acte épiscopal et spirituel », l'essentiel de la dignité royale. Le problème du sacre, et corollairement celui de la place du roi par rapport au clergé, n'est donc pas résolu. Mais il reste un point d'accord essentiel : la politique, c'est-à-dire le gouvernement terrestre des États, doit être à l'image des réalités célestes dont elle ne saurait être autre chose que le reflet.

C'est dans ce contexte poétique et religieux, qui dure plusieurs siècles, qu'apparaissent les premières œuvres de langue française.

II. — Les premiers textes

Le premier texte écrit en ancien français n'est pas une œuvre littéraire : c'est un passage de l'*Histoire* de Nithard où se trouvent reproduits, au milieu de l'œuvre latine, les célèbres « serments de Strasbourg » en langue romane et en langue germanique qui avaient été prononcés en 842, lors du partage de l'Empire, par les souverains et par leurs troupes (traité de Verdun). Peu à peu des textes religieux, témoignant d'une recherche littéraire, font leur apparition : dès avant l'an 1000, la *Séquence de sainte Eulalie* ; le *Poème de la Passion* de Clermont-Ferrand, la *Vie de saint Léger,* celle de *Boèce* et celle de *Sainte Foy,* peu après.

Tous, sauf le *Boèce* qui reste à cet égard mystérieux, étaient destinés à être chantés et faisaient partie des offices liturgiques. Ils trouvent sans doute leur origine dans le désir d'édifier les fidèles et de les faire participer davantage aux fêtes religieuses.

Le *Poème de la Passion* est écrit en quatrains d'octosyllabes, la *Vie de saint Léger* en strophes de six octosyllabes assonancés deux à deux. On y trouve une ébauche de style formulaire (déjà amorcée dans la *Cantilène de sainte Eulalie,* fin IXe siècle) : des hémistiches entiers sont repris plusieurs fois.

La *Vie de saint Alexis* est l'œuvre la plus parfaite. Composée en strophes de cinq décasyllabes construites sur une seule assonance, cette *Vie* est très influencée par la rhétorique ; néanmoins, la technique ne sent pas l'école. L'auteur fait preuve (aidé en cela par la structure strophique, fixe) de brièveté, de rapidité ; il suggère plus qu'il n'explique (utilisation subtile de l'allusion). Des formules apparaissent, autour de mots constamment appelés par le sens (« cors saint Alexis », « li pedre e la medre », « le saint cors », etc.). Fait important pour l'avenir de la littérature romane : l'auteur utilise le futur procédé épique de la variation sur un thème.

Les *Vies* de *sainte Foy* et de *Boèce,* en dialectes méridionaux, utilisent déjà la laisse (et non plus la strophe) : octosyllabique pour la première, décasyllabique pour la seconde, toutes deux sur une seule assonance. Là aussi se traduit l'influence de la rhétorique : répétition d'une même idée en termes différents, début de style formulaire. Dans la *Vie de sainte Foy,* les laisses sont souvent liées par des reprises.

L'aspect savant de la rhétorique qui se déploie dans ces premières œuvres, le fait que le vocabulaire est fréquemment hérité du latin montrent à la fois leur origine et leur destination cléricales. Néanmoins, dès le milieu du XIe siècle, des œuvres liturgiques comme l'*Épître farcie de saint Étienne* témoignent d'une influence de la littérature profane et féodale (les premières chansons de geste transmises oralement ?) sur l'hagiographie en langue vulgaire : le saint est maintes fois qualifié de « baron ». Le phénomène est donc complexe. On notera principalement que ces premières œuvres en langue romane contiennent déjà en germe la plupart des procédés et des techniques qu'utilisera la chanson de geste : parataxe, reprise de thèmes avec des variations, enchaînement de laisses ou, antérieurement, de strophes.

Chapitre II

L'AGE D'OR DE LA FÉODALITÉ

La fin du XIe siècle et le XIIe siècle voient le surgissement massif de la littérature en langue vulgaire et l'intrusion des problèmes féodaux dans les créations de l'imaginaire. Le genre caractéristique de cette période est la chanson de geste.

Pour le public de l'époque, ces œuvres sont loin de rapporter des légendes : il s'agit bien de la relation des hauts faits *(gesta)* des héros anciens. On sait d'ailleurs que toute légende prétend être véridique et qu'il est commun de présenter comme réalisé dans un passé lointain l'idéal du jour (ainsi du mythe de l'âge d'or). Les foules, tout en se divertissant, apprenaient donc l'histoire exemplaire à travers les épopées en langue vulgaire.

L'Empire de Charlemagne n'a guère survécu à son fondateur : après son partage entre les fils de Louis le Pieux, rois de France et empereurs d'Allemagne peuvent les uns et les autres se réclamer du grand ancêtre. Dès la fin du IXe siècle, le domaine français sombre dans l'anarchie féodale. Charles le Gros, couronné en 875, est déposé en 887 à la suite du siège de Paris par les Normands. La lignée carolingienne retrouve le trône dix ans plus tard avec Charles le Simple, à la mort d'Eudes, pour le perdre définitivement en 987 (avènement d'Hugues Capet). Pendant tout le Xe siècle le morcellement féodal est à son comble, l'autorité royale se limite à un domaine minuscule et n'a pas les moyens de se mêler aux conflits incessants auxquels se livrent les grands barons. Pendant ce « premier âge féodal » (M. Bloch), tous les liens se rompent avec les pays du Sud, tandis que les liens de vassalité se compliquent: multiples et temporaires, ils ne permettent pas l'organisation d'une structure puissante. Ce n'est qu'après 1077 donc dans le dernier quart du XIe siècle, que le système féodal se dégage des relations anarchiques et peut être utilisé par le pouvoir royal pour assurer son redressement. Ce n'est qu'au début du XIIe siècle que se dégage la notion de hiérarchie féodale, l'hommage, désormais lié au fief, rendant unique le lien de vassalité. Le roi, qui occupe définitivement le sommet de cette hiérarchie, est le seul à n'être le vassal de personne (ce qui ne laissait pas de poser un problème: car il pouvait posséder ici ou là une terre qui relevait d'un de ses vassaux). Louis VII s'efforce d'utiliser au maximum le système féodal, en s'appuyant sur le caractère réel, et non plus personnel, de l'hommage, et en s'attachant le plus directement possible ses arrière-vassaux. Il n'hésite pas à confisquer des fiefs lorsque leurs seigneurs n'ont pas respecté leurs obligations vassaliques. Il poursuit l'œuvre de Louis VI en collaboration avec l'Église, particulièrement avec l'abbaye de Saint-Denis (Suger) où s'élabore et d'où se répand l'idéologie capétienne. La royauté française, sacrée et thaumaturge (guérison des écrouelles), marque des points dès le début du XIIe siècle. Le mariage de Louis VII avec Adélaïde de Champagne, descendante de Charlemagne, allait faire revivre les vieux mythes carolingiens.

Enfin, pendant toute cette période la spiritualité se transforme. A la piété scrupuleuse et ritualiste du haut Moyen Age a succédé une sensibilité eschatologique qui culmine lors de la première croisade (1095). Déjà les Francs étaient accoutumés à la lutte contre les Sarrasins d'Espagne. Mais ici des facteurs économiques (misère, famines) et des facteurs religieux (la conviction de l'approche de la fin des temps) se joignent aux facteurs politiques (le relatif succès du mouvement de la « paix de Dieu » canalise vers le monde non chrétien les instincts batailleurs de la noblesse). C'est l'époque des prédicateurs sauvages (Pierre l'Hermite, Robert d'Arbrissel) et du développement de l'érémitisme. Un demi-siècle plus tard, après la deuxième croisade, qui s'était soldée par un échec, l'enthousiasme tombe. Les grands se sont montrés trop soucieux de leurs seuls intérêts et se sont séparés du peuple. La croisade perd sa puissance d'universalité. Le détournement de la quatrième croisade vers Constantinople (1199-1204) portera le coup décisif. Pour l'histoire des mentalités, le fait majeur de la fin du XIe siècle et du XIIe siècle est sans doute l'attachement nouveau à la figure du Christ, au Fils et non plus au Père: les hommes sont désormais plus sensibles à la Passion qu'à la Transfiguration.

C'est donc dans une société en pleine mutation qu'apparaît la chanson de geste. La brusque irruption d'un chef-d'œuvre en langue vulgaire, la *Chanson de Roland,* au milieu d'une littérature presque exclusivement latine, ne laisse pas de poser des problèmes. De même qu'on a pu supposer que certaines parties de l'*Iliade* (les comparaisons pastorales par exemple) étaient héritées de poèmes disparus, on a reconstitué, selon les moments de la critique, diverses « histoires » de ce premier genre littéraire. Précisons, pour mémoire, qu'il existe près de 80 chansons de geste, que leurs dimensions varient de 1 000 à 20 000 vers, que la première *(Roland)* est de l'extrême fin du XIe siècle (la chanson de *Gormont et Isembart* serait à peine postérieure), que le XIVe et le XVe siècle voient se développer des remaniements des chansons plus anciennes et émerger le sous-genre de la « chanson d'aventure », et que les sujets se fondent, réellement ou fictivement, sur des épisodes historiques s'étageant du règne de Clovis *(Chanson de Floovent)* à celui de Charles le Chauve, parfois confondu avec Charles Martel *(Girart de Roussillon)*.

I. — Le problème des origines

A l'époque romantique, les frères Grimm élaborent et répandent l'idée d'une origine populaire et germanique de la chanson de geste. A la fin du XIXe siècle, G. Paris et L. Gautier reprennent ces théories dites traditionalistes, et considèrent les chansons comme des remaniements de « cantilènes » perdues, contemporaines des événements, transmises et remodelées oralement (ce qui explique l'absence de témoignage écrit avant le XIe siècle). On comprend ainsi pourquoi les thèmes carolingiens sont prépondérants, alors que l'Empire avait disparu depuis plus de deux siècles. Mais on comprend mal comment des œuvres collectives, fondées uniquement sur la tradition orale, peuvent atteindre la valeur de chefs-d'œuvre.

Cette position appelait une réaction. J. Bédier constate que le thème de la croisade est omniprésent, et que de nombreuses chansons se réclament d'un texte recueilli dans une abbaye (Saint-Denis, Saint-Riquier). La chanson serait née sur les grandes voies de pèlerinage, au XIe siècle seulement. Son origine n'est ni populaire, ni germanique : elle est française, héritière des vies de saints. Son histoire est inséparable de celle du XIe siècle, de la Reconquista, des croisades, du monde féodal. Les chansons de geste sont des œuvres de poètes, non de simples assembleurs. Dans les principales étapes de pèlerinage, autour des reliques, le clergé s'associait à ces poètes pour rappeler des souvenirs à la fois héroïques et hagiographiques à une foule prête à se recueillir et à écouter. Beaucoup de chansons s'appuient sur des vies de saints conservées dans des monastères de la route de Saint-Jacques-de-Compostelle : Orange, Blaye, Toulouse ; *Vita Otgerii* ou *Vita Guilhelmi.* Mais cette référence est peut-être un artifice de poète soucieux de fonder ses récits sur une tradition incontestable, donc ecclésiastique. C'est une des objections qui ont été formulées contre la thèse individualiste de J. Bédier, F. Lot, R. Fawtier reviennent à la notion de création populaire totale, à partir d'une matière historique dont ils recherchent la trace dans les œuvres. A. Pauphilet insiste sur la variété des cas et prône, suivi par I. Siciliano, une conception aussi syncrétique que possible. Rita Lejeune admet, avec le traditionalisme, l'existence d'une longue chaîne de poèmes, mais elle ne fait pas de la chanson de geste l'œuvre d'un peuple : elle est tout au plus « une rhapsodie d'éléments disparates ». Enfin, R. Menendez Pidal, chef de file de l'école néo-traditionaliste, voit dans les chansons qui nous sont parvenues le résultat d'une collaboration incessante entre les jongleurs et leur public ; l'attitude du jongleur n'est pas celle d'un écrivain qui cherche à fixer une œuvre d'art ; il livre simplement à son public une version meilleure, que d'autres transformeront à leur tour.

L'accord entre individualistes et traditionalistes a semblé se faire autour de la notion de « remanieur de génie » (respectivement M. Delbouille et R. Menendez Pidal) : mais chacun met en fait l'accent sur un terme, et considère l'autre comme très secondaire. P. Le Gentil a tenté de surmonter cette antinomie en introduisant le concept de mutation brusque : l'apparition d'un poète transfigure l'œuvre collective, qui devient ainsi création littéraire. Nos chansons, même si elles utilisent des éléments très divers, « sont trop construites pour n'être pas, avant tout, le produit d'initiatives très littéraires et très personnelles ».

Un fait est certain : le IXe siècle est, pour les hommes du XIIe, le siècle épique par excellence. Cela suppose la transmission des légendes à travers plus de deux siècles, et leur maturation à travers une expérience littéraire. Les vies de saints, comme les chroniques latines ou la poésie épique de langue latine, ont pu jouer un rôle ; mais celui-ci ne saurait être essentiel. La technique du *Roland* doit peu à l'épopée latine. Par ailleurs, nos chansons se recommandent d'une abbaye du Nord, même si leur action, comme les reliques du héros, se place dans le Midi. Le problème des sources n'est donc pas résolu, les *Vitae* ayant plutôt accompagné que suscité les épopées. Toutefois, les *scriptoria* des abbayes de Champagne ou du Laonnais, très marquées par l'influence carolingienne, et de surcroît en contact avec les influences germaniques, peuvent avoir joué un rôle important. La laisse chantée, héritière du chant liturgique, n'avait plus qu'à apparaître pour que la chanson de geste dispose d'une structure favorable à son éclosion. Mais le problème de l'origine de la laisse est lui-même obscur.

II. — Une technique littéraire

1. **Une épopée chantée.** — Un fait est certain : les chansons qui nous sont parvenues sont des œuvres écrites qui utilisent fréquemment des artifices de la déclamation.

Multiplication de formules comme « Oyez », « Écoutez », allusions à un public de gentilshommes ou à la nécessité d'interrompre le récit pour des raisons matérielles (fatigue, heure tardive). Là s'arrêtent les certitudes. Car si de nombreux témoignages interdisent de mettre en doute l'existence d'œuvres déclamées, rien ne dit à quoi correspondent les œuvres qui nous sont parvenues. Ont-elles été écrites *pour* la déclamation, *avant* celle-ci, et ont-elles ménagé dès leur élaboration écrite les formules du style oral ? Sont-elles la reproduction exacte, à partir de notes tachygraphiques, de l'œuvre déclamée par tel ou tel jongleur ? Ou bien sont-ce des œuvres purement écrites *a posteriori,* dans lesquelles les références aux coutumes jongleresques seraient de simples artifices littéraires liés au désir de faire « vrai » ? Treize chansons nous ont été transmises par des manuscrits dits « de jongleur » (petit format, absence de décoration, peu de soin), dont *Girard de Roussillon, Raoul de Cambrai, Aliscans.* Mais le plus grand nombre nous est parvenu sur de véritables manuscrits de bibliothèque, destinés à la lecture solitaire, et non à aider la mémoire d'un jongleur. Aux variations jongleresques s'ajoutent donc les interpolations et les remaniements des copistes. Les œuvres que nous lisons sont donc probablement des œuvres à vocation littéraire.

2. **La laisse épique.** — L'analyse de la laisse épique est un moyen de percer le mystère de l'origine de la chanson de geste, puisqu'elle doit permettre de répondre à la question de la création orale ou de la construction littéraire. La laisse est le nom que l'on donne à la strophe souple de la chanson de geste. C'est une structure qui réunit un nombre indéfini de vers de même longueur, construits sur une même assonance (plus tard, sur la même rime). Le vers utilisé le plus fréquemment est le décasyllabe coupé 4 + 6. Les chansons

les plus anciennes *(Gormont et Isembart)* sont composées en octosyllabes ; le *Pèlerinage de Charlemagne,* en dodécasyllabes. Il existe des laisses de quatre vers comme de plusieurs centaines. A l'intérieur d'une même œuvre les écarts peuvent être énormes (ainsi, de 4 à 1 140 vers dans *Huon de Bordeaux*).

Selon J. Rychner, la laisse a d'abord une réalité musicale. Comme telle, elle comporte parfois un refrain dépourvu de sens : ainsi le célèbre « lunsdi (ou joesdi) al vespre » de la *Chanson de Guillaume,* et peut-être le mystérieux *AOI* de la *Chanson de Roland* (une modulation musicale sur les voyelles de l'Alleluia ?). Elle s'ouvrirait très souvent sur un « vers d'intonation » (comportant le nom du héros qui va parler ou agir ; exemple le premier vers de la plupart des laisses du *Roland*) pour s'achever sur un timbre ou un « vers de conclusion » (vers courts, refrains, formules sentencieuses, etc.).

A) On oppose *style épique* et *style narratif.* — Le style narratif suit le déroulement d'une action, avec ou sans retours en arrière, mais sans répétitions. Le style épique au contraire est fondé sur la répétition. Ainsi (cas le plus fréquent) une laisse peut reprendre, en son début, les derniers vers de la laisse précédente, soit dans les termes mêmes, soit en les abrégeant ou en les développant. Ce procédé souligne le passage d'une laisse à une autre, déjà marqué par le changement d'assonance. Toutes les modalités d'enchaînement sont possibles : l'enchaînement simple (cf. *supra*), l'enchaînement bifurqué, dans lequel la seconde strophe reprend un passage du corps de la première et non ses derniers vers. Toujours selon Rychner, « cette forme exerce une influence sur la narration, puisque, brouillant le progrès chronologique, elle fait découler deux futurs d'un même présent ». Forme bâtarde, qui annonce la grande particularité de l'épopée française : les laisses similaires et les laisses parallèles.

B) *Laisses similaires et laisses parallèles.* — Le principe est celui de la variation sur un thème. Lorsque la variation est réduite au minimum, les laisses sont dites similaires. Ainsi, dans le *Pèlerinage de Charlemagne,* les « gabs » sont traités en laisses parallèles : dans chacune, Charlemagne invite un baron à « gaber » ; celui-ci répond à l'invite tandis qu'un espion, caché, prononce une formule sentencieuse qui clôt la laisse. La structure des laisses est identique, mais chacune expose une forfanterie originale. En revanche, la mort de Roland *(Chanson de Roland)* est traitée en laisses similaires. Le récit, dans ce cas, ne progresse plus : on s'appesantit sur un moment privilégié, dans lequel le lyrisme peut s'épanouir. Le chant devient alors l'élément primordial.

L'emploi le plus remarquable de cette technique se trouve dans le *Roland ;* au fil des années, la chanson de geste évolue du lyrisme vers le style narratif pur : la laisse, qui n'a plus de fonction structurelle, devient le simple cadre où s'exerce, à la rime (qui tend à remplacer l'assonance), la virtuosité des jongleurs. La fermeté de la laisse est donc signe d'ancienneté. L'étape intermédiaire est la construction « en escalier » de *Raoul de Cambrai :* chaque laisse reprend des éléments de la précédente, mais conduit l'action au-delà (laisses 68-72 par exemple).

3. **La formule épique.** — Les jongleurs disposaient d'un stock important de formules toutes faites, souvent retouchées, plus ou moins signifiantes, qui leur permettaient de commencer ou d'achever un décasyllabe sans effort, donc de songer en même temps à ceux, plus importants, qui devaient suivre. La plupart des formules épiques correspondent à la première moitié du décasyllabe (quatre pieds) ou sont chargées de fournir facilement l'assonance. Certaines jouent plus ou moins le rôle de chevilles. Mais les formules les plus nombreuses font partie de l'art descriptif du jongleur et correspondent au détail des *motifs stéréotypés.*

Il arrive parfois que le jongleur, fidèle aux formules traditionnelles, perde de vue la réalité de son récit et confie par exemple à ses héros des armes manifestement inadéquates. Le motif épique comprend donc un certain nombre d'éléments qui sont eux-mêmes traités au moyen de formules (dans le motif de l'attaque à la lance, par exemple, le chevalier éperonne son cheval, brise l'écu de l'adversaire, etc. : « le destrier broche », « et fiert... sor son escu devant »). Ces formules ne sont d'ailleurs pas fixes : un mot peut en remplacer un autre, seul le cadre syntaxique demeure inchangé. Parfois, c'est un certain type de qualification qui prend l'allure de formule, avec de multiples variantes parfois méconnaissables : ainsi les innombrables façons de nommer Dieu, dont le point commun est de former un second hémistiche (« le père droiturier », « qui en la croix fut mis », etc.).

4. **Technique orale ou technique littéraire** ?

J. Rychner pense avoir démontré que ces œuvres sont adaptées non seulement aux nécessités de la déclamation, mais encore à celles de la création orale. Les manuscrits fournissent des œuvres souvent disparates : c'est qu'ils mettent bout à bout deux ou plusieurs chansons (ainsi les deux parties de *Raoul de Cambrai,* ou les épisodes successifs du *Couronnement de Louis*, etc.). Le livre n'est pas essentiel pour la chanson : sa réalité se trouve dans les formes stéréotypées, la répétition inlassable des mêmes thèmes, des mêmes motifs et des mêmes formules. Tout l'art de la chanson réside dans la variation, la décoration, non dans l'originalité et dans l'invention. A ce titre, c'est bien un art de l'improvisation : car celle-ci consiste toujours à exploiter le plus habilement possible des schémas préétablis.

Mais la critique n'est pas unanime. La doctrine traditionaliste, qui croit à la création et à la transmission orales, voit dans ces œuvres une élaboration de type populaire. A l'opposé, l'individualisme suppose une origine cléricale et savante, prélude à la « minute sacrée » chère à Bédier. Or plusieurs études récentes[1], se fondant sur les analyses de J. Rychner, bouleversent ces données. Le fait que la chanson la plus parfaite soit aussi la plus ancienne, semblerait prouver que la création des poètes a précédé ces créations de jongleurs que seraient les autres chansons de geste, dans lesquelles la pureté de la laisse s'est abâtardie. A l'origine

1. Ainsi A. Monteverdi, La laisse épique, *Actes du Colloque de Liège,* Belles Lettres, 1959, p. 127-140, et Timothy D. Hemming, La forme de la laisse et le problème des origines, *Actes du VIe Congrès de la Soc. Rencesvals,* Aix, 1974, p. 221-234.

était la strophe : ainsi du *Poème de la Passion* ou de la *Vie de saint Léger*. Chant et strophe sont intimement liés ; mais chant et milieu clérical le sont aussi : la chanson de geste serait bien l'héritière des vies de saints en langue vulgaire (utilisation de l'octosyllabe, puis du décasyllabe ; passage de la strophe à la laisse, utilisation du chant, etc.).

L'origine de l'épopée ne serait donc pas populaire. Mais l'analyse de l'*Épître farcie de saint Étienne* (milieu du XIe siècle) montre que la littérature religieuse de langue vulgaire a subi dès cette époque l'influence de l'épopée (cf. chap. Ier). Il n'est pas certain, par ailleurs, que la musique de la chanson de geste procède du chant liturgique. La seule certitude qui demeure est donc celle-ci : littérature jongleresque et littérature cléricale ne constituent pas deux univers étrangers. Le mystère des origines demeure entier. L'usage des formules ne prouve rien : la grande diversité des variantes affaiblit l'argument traditionaliste de l'improvisation purement orale. D'ailleurs le problème paraît bien insoluble : car les œuvres qui nous sont parvenues sont par définition écrites, tandis que le phénomène jongleresque prouve que la plupart étaient destinées à être chantées : comment savoir quelle phase a précédé l'autre ?

III. — L'organisation cyclique

Dès le début du XIIIe siècle, Bertrand de Bar-sur-Aube distingue trois cycles : celui du roi (qui comprend en particulier le *Roland*, le *Pèlerinage de Charlemagne*, la *Chanson d'Aspremont*), celui de Garin de Monglane (plus connu sous le nom de *cycle de Guillaume d'Orange*), celui de Doon de Mayence (ou cycle des vassaux rebelles). Le premier relate les exploits de Charlemagne dans ses guerres contre les Sarrasins, parfois contre les Saxons *(Les Saisnes)* ; le *Pèlerinage* ajoute une note de comédie, sans pour autant renoncer aux intentions apologétiques : si les Francs, groupés autour de Charles, parviennent à réaliser leurs « gabs » insensés, c'est qu'ils ont mérité l'assistance de Dieu.

Le cycle de Guillaume est de loin le plus homogène, même s'il comprend des œuvres qui s'étagent de la fin du XIe siècle au début du XIVe siècle. Il exalte le fier lignage dont la fidélité est inébranlable, même si le roi se montre faible et veule.

Quant au cycle de Doon de Mayence, il contient les œuvres les plus sombres : *Raoul de Cambrai, Renaut de Montauban,* la *Chevalerie Ogier.* Il est également habituel d'isoler un « cycle des Lorrains », dans lequel la violence et l'anarchie sont à leur paroxysme *(Garin le Loherain).* La signification idéologique de ces œuvres est de loin plus complexe que celle des autres chansons de geste.

Le principe du cycle est simple ; celui de Guillaume d'Orange en fournit le meilleur exemple. Après avoir relaté divers épisodes de l'âge mûr d'un héros (*Charroi de Nîmes, Couronnement de Louis,* etc.), on s'intéresse à sa jeunesse et à sa vieillesse *(Enfances Guillaume, Moniage Guillaume),* voire à celles de ses collatéraux *(Chevalerie Vivien, Enfances Vivien).* Enfin on rapporte l'histoire de son père *(Aimeri de Narbonne)* et de son grand-père *(Garin de Monglane, Enfances Garin).*

D'où la nécessité d'accorder les légendes entre elles, ce qui ne va pas sans quelques oublis : il existe plusieurs versions de la mort de Vivien, incompatibles entre elles *(Chanson de Guillaume, Aliscans, Chevalerie Vivien).* Cela tient au fait que la conception cyclique est assez souvent postérieure aux œuvres, que l'on cherche à relier entre elles pour glorifier le lignage, la solidarité familiale, ce qui conduit parfois à modifier les liens de parenté qui unissent deux héros. A l'extrême limite se trouve le cycle de Doon, qui réunit des héros dont les liens sont originellement inexistants (Girard et Raoul par exemple). Ici le cycle repose principalement sur une communauté d'atmosphère et de thème : un roi indigne pousse son vassal à la révolte et à la démesure. En marge de ces chansons, existe un « cycle de la croisade », qui relate des événements contemporains *(Chétifs, Prise d'Antioche).*

Cette tendance à la constitution de vastes corpus se retrouvera dans la littérature romanesque *(Lancelot-*

Graal). On ose à peine souligner qu'il s'agit d'un phénomène purement littéraire, aux antipodes des préoccupations des jongleurs.

IV. — Les thèmes et leur évolution

La chanson de geste est d'abord historique et politique, ce qui ne signifie pas qu'elle s'inspire toujours d'un véritable fait historique. Elle se voulait reconstitution historique, mais cela n'empêchait pas les jongleurs et les trouvères de créer de véritables types humains souvent très charnels (dans la *Chanson de Roland*, le moins vigoureux serait peut-être Charlemagne). Tous les problèmes sont évoqués : la place du roi, les rivalités féodales, la croisade (cf. *infra*). Mais très tôt l'épopée dite héroïque s'humanise en se féminisant. Aude, fiancée de Roland, apparaît à peine dans notre première épopée. Dans la *Prise d'Orange*, la Sarrasine Orable joue un rôle important : elle se convertit et épouse Guillaume ; dans *Girart de Roussillon* comme dans *Girart de Vienne* un échange de fiancées est à l'origine du conflit. *Anséis de Carthage* est l'histoire d'une querelle amoureuse qui se transforme en guerre sarrasine. Une des œuvres les plus caractéristiques est sans doute *Gerbert de Metz* : la reine exerce sur Pépin une influence décisive en faveur des Lorrains, à plusieurs reprises ; la reine de Cologne et sa fille, amoureuse de Gerbert, deviennent rivales ; enfin, Gerbert épouse successivement la fille de Yon de Gascogne et celle d'Aimeri de Narbonne. Les filles ou les femmes jouent souvent fort bien le rôle de messagers. Enfin, dans *Anséis de Metz*, Ludie mène au combat une armée de 20 000 femmes ! Nous sommes bien loin de la thématique du *Roland*. Toutefois, les présences féminines ne transforment jamais notre épopée en chanson courtoise. Quelquefois seulement, le thème de la femme se combine avec celui du *locus amoenus* (le pays sarrasin de la *Prise d'Orange* par exemple) : on notera que ce style reste le privilège pratiquement exclusif du cycle de Guillaume, peut-être parce que la référence aux charmes orientaux est inévitable.

Les récits de combats, individuels ou collectifs, occupent toujours une place centrale : on y insiste sur la bravoure et la vigueur extraordinaires des héros qui, d'un seul coup d'épée, tranchent à la fois le cheval et le cavalier. Le thème de la démesure est partout présent (héros « desréé »), de Roland à Raoul de Cambrai en passant par Girart. Néanmoins, les éléments héroïques ont tendance à s'entourer, au XIIIe siècle, de développements de type romanesque. Le merveilleux, qui s'est imposé à travers le roman breton, s'introduit dans l'épopée. Le merveilleux chrétien se rencontre déjà dans le *Roland :* rêves mantiques de Charlemagne, épisode du soleil arrêté, etc. Il demeure un trait constant de la chanson de geste du XIIe siècle : intervention d'un ange dans *Girart de Roussillon* et dans *Girart de Vienne,* miracles accomplis par des reliques dans *Anséis de Metz.* Tout cela n'est guère surprenant, si l'épopée est vraiment l'héritière des vies de saints.

Très tôt (dès le *Pèlerinage de Charlemagne*) apparaît un autre type de merveilleux, celui des automates (le palais impérial de Byzance, sous l'effet d'un vent léger, tourne autour d'un pilier) : fréquent dans le roman antiquisant (cf. chap. III), il est lié sans doute à la fascination des Occidentaux devant les merveilles légendaires de Constantinople. Progressivement, sous l'influence de la matière de Bretagne, s'introduit un merveilleux de type païen : tremblements de terre et présages sinistres, armure magique dans *Anséis de Metz,* sortilèges de Basin dans *Jean de Lanson,* rôle essentiel du magicien Aubéron dans l'épopée tardive de *Huon de Bordeaux* (vers 1260). Cette dernière œuvre intercale d'ailleurs, entre deux développements épiques qui posent le problème de la loyauté, et qui se placent à Paris, une sorte de roman d'aventure fantaisiste qui conduit le héros vers l'Orient, dans le royaume du nain qui lui permettra d'accomplir, en dépit des embûches, la mission étrange que lui a imposée Charlemagne. Ainsi l'épopée, avant de disparaître, a fait une place de plus en plus grande aux éléments romanesques, sans abandonner totalement ses thèmes originels.

V. — Une épopée politique

La chanson de geste demeure une épopée héroïque et politique. La *Chanson de Roland* associe la glorification du mythe impérial (empereur puissant, inspiré par Dieu, « nouveau David ») à celle de la croisade : thème hérité du XIe siècle (Reconquista). Le cycle de Guillaume exalte la fidélité inébranlable d'un lignage à la Couronne quelle que soit la valeur propre du monarque, dans le même esprit de lutte contre l'Infidèle. Les chansons des rebelles opposent le plus souvent à un roi indigne un vassal qui cherche à sauvegarder ses droits ou son indépendance. L'individualisme et les intérêts privés semblent bien souvent avoir remplacé l'idéal de communauté chrétienne.

1. On trouve évidemment dans ces œuvres un reflet des problèmes politiques et juridiques de l'époque : la question de l'allodialisation des fiefs et de la signification exacte de l'hommage occupe une place de choix dans *Girart de Roussillon ;* partout sont présents les thèmes de l'indépendance des féodaux, du rôle social, voire politique, du lignage, de la place de la royauté dans le système vassalique et des devoirs moraux et féodaux du roi ou de l'empereur. Les chansons dites de révolte peuvent être interprétées de deux manières antithétiques : d'une part, la rébellion serait le point d'aboutissement de l'individualisme politique et moral, la ruine des idées de communauté sacrée et d'empire ; d'autre part, elle serait l'élément principal d'un raisonnement *a contrario* visant à

démontrer la valeur du principe monarchique et de la paix sociale. C'est là une ambiguïté de sens caractéristique d'une littérature née du morcellement féodal, héritière des vieux mythes carolingiens et qui parvient à sa maturité à une époque où les structures du pouvoir politique sont en pleine mutation (Louis VII, Philippe Auguste).

2. Le thème de la croisade, qui permet aux relations politiques de rester sereines, est lié à la vigueur du mythe impérial aussi bien dans les chansons de la fidélité que dans le cycle des rebelles. Dans ce dernier apparaît selon nous une tentative de dissocier la croisade du mythe impérial (c'est l'époque où la croisade, dépréciée depuis 1150, perd de sa force attractive). Tentative inutile : le mythe impérial a finalement besoin de la croisade pour survivre (cf. *Girart de Roussillon, Chanson d'Aspremont, Girart de Vienne, Chevalerie Ogier,* etc.). *Raoul de Cambrai* et *Jean de Lanson,* d'où tout esprit de croisade est absent, ignorent toute réconciliation entre le roi et son vassal. Seul l'esprit de croisade pouvait transcender les rapports de force, le mythe impérial ayant perdu toute sa puissance (d'où, négativement, l'incendie du palais dans *Raoul,* la supériorité de la ruse et de la force impériales dans *Jean de Lanson*). Tous ces éléments soulignent une crise aiguë de la mentalité et de la sensibilité politiques à partir du dernier tiers du XIIe siècle.

Enfin, l'influence de l'augustinisme est sensible dans les thèmes : le roi doit être juste, respecter les impératifs moraux. En dépit des révoltes, la paix demeure l'idéal ; les chansons de geste semblent être à la recherche d'un ordre conforme à la philosophie augustinienne. Leur disparition, au moment où le thomisme commence à développer une nouvelle conception du pouvoir royal, mais aussi de l'autonomie du monde sensible, tend à confirmer l'importance du lien qui unit ce genre littéraire à cette philosophie platonisante.

Chapitre III

DE LA FÉODALITÉ À LA CHEVALERIE

I. — Les troubadours et la société courtoise

Ils exploitent les deux veines principales de l'inspiration du XIIe siècle : l'amour dit courtois et la guerre. Le premier troubadour en date est le comte Guillaume IX de Poitiers, duc d'Aquitaine et grand-père d'Aliénor.

C'est, avec Raimbaud d'Orange, l'un des rares troubadours qui appartiennent à la haute noblesse. Jaufré Rudel et Bertrand de Born sont de moindre rang ; d'autres encore sont de simples chevaliers (Rigaud de Barbezieux, Arnaud Daniel que la pauvreté contraignit à se faire jongleur, Raimbaud de Vacqueiras qui connut le même sort, Cercamon et Marcabru, tous deux pauvres) ; certains sont d'origine bourgeoise (Fouque de Marseille, Pierre Vidal, Arnaud de Mareuil). On rencontre enfin quelques ecclésiastiques comme Gui Folqueis, évêque du Puy (futur Clément IV), le chanoine Guy d'Ussel, et le plus illustre, Peire Cardenal. Parfois même, des troubadours viennent de très bas : Guiraud de Bourneuil et surtout Bernard de Ventadour, fils d'un archer et d'une fournière du château de Ventadour (Limousin).

A mesure que l'on s'éloigne des origines et que se développe l'hérésie albigeoise, l'inspiration satirique et politique se renforce aux côtés de la veine courtoise : dans la première moitié du XIIIe siècle, Guillaume de Figuières (sirventès contre la papauté, en l'honneur de Frédéric II, en faveur de Raymond VII, contre les Français) ; Durand de Pernes, qui proteste contre le traité de 1229 par lequel Louis IX spolie Raymond VII ; Bernard de Rovenac qui reproche à Henri III de se laisser dépouiller de ses provinces françaises par Louis VIII et Louis IX et à Jacques Ier son inaction dans l'affaire languedocienne ; Savari de Mauléon, homme de la haute noblesse, mêlé directement à la lutte de Jean sans Terre et de Philippe Auguste ; enfin Bernard Sicart de Marvejols, dont il ne reste qu'un sirventès contre les Français dévastateurs. Toute cette poésie est née de la croisade que le Nord a conduite contre le Midi albigeois, la proximité des Plantagenêts, jointe à la haine du roi de France, faisant des troubadours des amis des intérêts britanniques. Les sirventès sont d'abord des chants de résistance.

1. **L'amour courtois.** — Les principaux troubadours, Guillaume IX, Marcabru, Cercamon, Bernard de Ventadour, développent une nouvelle conception de l'amour. La femme, inaccessible, est l'objet d'une tension amoureuse et spirituelle qui n'est jamais satisfaite. L'amant est son serviteur, elle ne lui doit rien en retour. L'attitude de ce dernier est faite d'humilité et de patience. L'amour n'est plus, comme dans les premières chansons de geste, un fait secondaire : il devient la raison d'être (réelle ou affectée) de l'existence. Dans la chanson de toile, une femme se consume d'amour pour un amant absent ; dans l'amour courtois, du moins tel qu'il apparaît chez les troubadours, c'est l'homme qui exprime à la fois son espoir et son désespoir. Une telle conception est liée au système féodal (les relations entre l'amant et sa dame correspondent à celles qui unissent un vassal à son suzerain) ; elle oppose une morale laïque et raffinée à la morale de l'Église, la vie large et fastueuse d'une terre latine aux habitudes plus simples et plus rudes des pays Francs. Son apparition en terre d'oc est liée à plusieurs conditions favorables : éloignement du pouvoir central, imprégnation latine (permanence de

l'héritage romain), goût du faste et rôle plus important de la femme (Toulouse aimera se représenter sous les traits d'une femme, Clémence Isaure), influence moins marquée de l'Église. C'est ainsi que sont liées largesse (qualité éminente de tout seigneur envers ses vassaux) et *fine amor* (relation idéale entre l'homme et sa Dame).

On a souvent reproché aux troubadours une certaine monotonie thématique, contrastant avec une recherche de la variété formelle (variété de la strophe, du vocabulaire; certains, comme Marcabru ou Arnaud Daniel, ont même parfois cherché à créer un vocabulaire hermétique, accessible aux seuls initiés: c'est le *trobar clus*). Leur poésie ne serait pas sincère; le sentiment amoureux serait stéréotypé. En fait, le Moyen Age n'a jamais recherché le lyrisme individuel: il s'agit alors de faire le meilleur poème possible, le plus beau chant, à partir d'éléments de base invariants. L'art des troubadours est un art de la nuance dans la répétition, son principe est celui de la variation.

2. **Un fait social.** — L'idéal courtois naît et se développe dans les grandes cours princières : celle de Poitiers d'abord, avec Guillaume IX, celle de Limoges (Guiraut de Bourneuil), du Puy (fin du XIIe siècle), enfin celle de Toulouse, la plus brillante (Raymond V protégea Peire d'Auvergne, Peire Vidal, Bernard de Durfort, peut-être Bernard de Ventadour). De Languedoc les troubadours passaient souvent en Provence, où ils étaient accueillis par des seigneurs fort libéraux (à Orange, avec Raimbaut, poète lui-même ; à Sault, avec Raimon d'Agout, à Aix, avec Raymond Béranger III, etc.).

E. Köhler[1] considère que la poésie des troubadours est née des conditions de la vie commune, à la cour, de la haute noblesse et de la féodalité pauvre. On sait que les fils des vassaux allaient faire leur éducation chez leur suzerain et que leur situation était précaire: simples « bacheliers » non chasés, ne ils étaient nombreux à se côtoyer dans la cour princière, où ils entraient néces-

1. E. Köhler, Observ. hist. et sociolog. sur la poésie des troubadours, *Cahiers de civilisation médiévale,* 1964.

sairement en rivalité. Les diatribes contre l'avarice ne se conçoivent que si elles viennent de la basse noblesse et expriment ses besoins. Les efforts de l'amant courtois sont l'équivalent de ceux du petit noble qui cherche à s'élever socialement. En créant la *fine amor,* la chevalerie veut montrer qu'elle est capable de définir un idéal de vie supérieur, raffiné, et qu'elle est digne d'appartenir à la noblesse véritable. Si la femme que chante la poésie courtoise est inaccessible, c'est précisément parce que le pauvre chevalier ne saurait espérer conquérir la grande dame, généralement duchesse ou comtesse. Pourquoi la haute noblesse a-t-elle accepté cet idéal, en allant même jusqu'à le chanter en la personne de Guillaume IX ? Sans doute parce qu'il faisait de l'amour un facteur d'ordre et se distinguait de l'idéal de l'Église. Il servait de ciment à la société laïque aristocratique à un moment où la haute féodalité devait être sûre de ses vassaux devant l'accroissement du pouvoir royal.

3. **La multiplicité des genres.** — Au sommet de la hiérarchie, il y a la chanson d'amour *(canso)* et le poème satirique *(sirventés)* ; on ne sait pas exactement si la *canso* entretient avec son équivalent arabe des liens de parenté ou plus précisément de filiation (question controversée) ; la *tenson* (ou *jeu-parti*), de tour plus grave et plus philosophique, oppose des arguments sur un thème qui se rapporte à l'amour ; le *planh* est un chant de déploration à l'occasion du décès d'un seigneur ou d'un personnage important.

II. — Le lyrisme de langue d'oïl

Ses rapports avec la lyrique occitane sont souvent ambigus. Les genres les plus anciens ne doivent rien à cette dernière, tandis que d'autres en sont directement dérivés.

1. **Les « chansons de femme »** semblent fort anciennes (chansons de toile, d'aube, de malmariée, d'ami...). Leurs racines seraient plus populaires qu'aristocratiques (la grande lyrique courtoise étant toujours mas-

culine). La plupart sont anonymes. Le genre s'essouffle dès la fin du XIIe siècle.

Les *chansons de toile* sont des pièces courtes, que les femmes chantaient en tissant. On les appelle aussi *chansons d'histoire* en raison de leur aspect narratif. Elles utilisent le thème de la femme amoureuse que quelque circonstance éloigne de celui qu'elle aime. Du point de vue technique, elles sont de structure strophique, en octosyllabes ou en décasyllabes, le plus souvent les strophes sont de même longueur ; chaque strophe est construite sur une seule assonance. Toutefois l'une de ces chansons *(Belle Aiglentine)* semble représenter un stade intermédiaire entre la strophe et la laisse (elle comprend huit strophes de trois à six vers). Comme certaines chansons de geste, elles utilisent un refrain qui semble destiné à être repris en chœur (participation du public ?). La mélodie peut être identique pour chaque vers (type de la musique de laisse) ou varier d'un vers à l'autre (musique strophique). La ressemblance des thèmes et des motifs des chansons de toile avec ceux des *zadjals* arabes, beaucoup plus anciens, peut éclairer le problème des origines.

Les *chansons d'aube* évoquent le déplaisir du lever du jour pour celle qui vient de passer la nuit avec son amant. Souvent apparaît un guetteur dont le rôle est d'écarter les regards indiscrets et de prévenir les amants lorsque le jour se lève. L'influence des troubadours se fait sentir à travers le personnage du *losengier,* personnification de l'obstacle social à l'amour.

2. **Le grand chant courtois** est une transposition de la *canso* occitane et de ses dérivés. Il fleurit au XIIIe siècle. Son premier représentant connu est Conon de Béthune (c. 1150-1220) ; ses successeurs les plus illustres sont Guiot de Provins, Gace Brulé, le Châtelain de Coucy, Blondel de Nesle et, surtout, Thibaut IV de Champagne (1201-1253). Ils reprennent le thème de la *fine amor,* en l'épurant encore ; l'héroïsme se mêle à la courtoisie pure (chansons de croisade par exemple) ; c'est souvent dans l'action chevaleresque que le fin amant se montre digne de sa dame. Le travail du rythme, des sonorités et des images sur des matériaux topiques caractérise cette poésie essentiellement formelle. Enfin, il existe une importante lyrique pieuse (cf. chapitre suivant).

3. Comme dans le Midi, le lyrisme s'éparpille en une pluie de petits genres, dont certains sont purement lyriques (chanson d'aube, de croisade...), certains lyrico-narratifs (chanson de toile, pastourelle, reverdie), d'autres lyrico-chorégraphiques (rondet de carole, virelai, estampie), d'autres enfin, parodiques (rotrouenge, sotte chanson, fatrasie, resverie).

La *pastourelle* « traite de moquerie pour procurer l'amusement » ; elle met en contact le poète-chevalier séducteur et une bergère parfois peu ou faussement ingénue. Le ton n'est jamais vil, même s'il rappelle parfois celui de certains fabliaux érotiques. La satire n'est pas sociale, mais générale : le ridicule frappe autant les chevaliers que les bergères. Il nous reste plus de 170 pastourelles (et une trentaine en langue d'oc). Les pastourelles dites « franco-latines » mêlent plaisamment ces deux langues.

Qu'elle relève du courant populaire ou du courant aristocratique, la lyrique médiévale ignore la subjectivité. Le « je » qui s'y déploie est de pure convention. Poésie chantée, elle a besoin du jongleur (de cour ou de foire) qui connaît alors son âge d'or. Cet aspect se modifiera profondément au XIVe siècle.

III. — Les débuts du roman

1. **Roman antique et roman byzantin.**

A) *Les œuvres.* — Elles reprennent des sujets généralement grecs ou troyens traités ou traduits par les Latins. Le premier roman, l'*Alexandre* d'Albéric de Pisançon, serait contemporain des premières chansons de geste (fin XIe siècle). Nous n'en avons conservé qu'un fragment (les 100 premiers vers), en octosyllabes. Les autres romans du cycle (XIIe siècle) sont écrits en dodécasyllabes (d'où le nom d'alexandrin donné à ce type de vers). On y distingue quatre branches correspondant aux étapes de la vie du héros. Alexandre de Bernay, auteur avec Pierre de Saint-Cloud de la dernière branche (mort du héros et problèmes de sa succession), serait le principal remanieur de l'ensemble.

Le *Roman de Thèbes* s'inspire de l'œuvre de Stace. Il est composé en octosyllabes à rime plate, groupés deux à deux (mais souvent la même rime se poursuit sur un plus grand nombre de vers).

Le *Roman d'Enéas,* tout en s'inspirant de Virgile, développe de façon autonome le thème amoureux : Lavinie, promise à Turnus, devient un personnage attachant. Le *Roman de Troie* (plus de 30 000 vers) a été composé vers 1160 par Benoît de Sainte-Maure : amour, batailles sur fond de pessimisme dévoilent la vraie nature de l'Antiquité selon le Moyen Age : un monde qui ignore encore la Révélation.

B) *L'anachronisme.* — Outre l'utilisation d'un merveilleux de type oriental doublée d'une intention didactique (surtout dans l'*Alexandre,* où le héros explore le fond des mers et découvre les peuples les plus fantastiques), l'absence de sens de la relativité des coutumes est le trait le plus marquant pour le lecteur novice. Des villes qui ressemblent à celles du Moyen Age, avec des bourgeois, des sergents et des chevaliers : mais des villes qui ignorent les problèmes d'approvisionnement. Des duels judiciaires, la coutume de l'hommage (qui donne lieu à toute une argumentation dans le *Roman de Thèbes*) et celle de l'adoubement. Cet anachronisme atteint ses limites dans le domaine religieux : le clergé est calqué sur le modèle chrétien (Amphiaraus, dans le *Roman de Thèbes,* est qualifié d'archevêque) ; on sait qu'il existe de nombreux dieux, mais on prie Dieu ; des ermites expliquent que Dieu fait des prodiges pour punir les hommes de leurs péchés, que seule la pénitence permettra de se réconcilier avec Lui. On fonde des abbayes, on se confesse. Mais l'auteur ne va jamais jusqu'au sacrilège : on ne trouve jamais d'allusion au Christ ni aux Écritures.

Pourquoi ce mépris flagrant des réalités ? Par jeu ? Pour souligner le caractère idéal du monde de la fiction romanesque ? Sans doute plutôt pour situer le monde féodal dans une continuité : chevalerie et clergie existaient dès l'Antiquité, d'où elles sont venues vers la France du Moyen Age. Le thème de la *translatio studii* existe au moins dès le IXe siècle. Le roman antique illustre le premier volet de la « translation » de la chevalerie (son existence dans l'Antiquité), le roman breton illustrant le second (sa perpétuation au Moyen Age). Ces deux thèmes sont clairement exprimés dans le prologue du *Cligès,* roman byzantin de Chrétien de Troyes, qui serait ainsi la clé de l'anachronisme du roman antique.

C) *Les romans antiques et byzantins et la mentalité médiévale.* — Le roman antique, et particulièrement *l'Alexandre,* est une sorte de fresque, une somme des courants nouveaux de la pensée et de la sensibilité. La figure d'Alexandre, conquérant mais aussi philosophe (élève d'Aristote), découvreur de mondes inconnus, à la recherche de connaissances nouvelles, désireux de comprendre le monde, est un témoignage de l'éveil des esprits au XIIe siècle. De la même façon, les écrivains cherchent à percer la réalité des individus : la psychologie fait son entrée dans la littérature. La passion devient un objet d'analyse, tandis que s'élaborent des règles pour décrire les personnages (influence des Anciens, d'Ovide surtout). La courtoisie apparaît à travers les descriptions de l'amour naissant ; bonne éducation, élégance physique et morale sont présentées comme des vertus, ce qui n'exclut pas un certain goût pour les scènes de bataille. Ce n'est pas encore l'idéal de la *fine amor,* mais c'est un premier pas vers une société où un équilibre est, au moins idéalement, trouvé. La femme, souvent encore jeune fille, joue un rôle croissant dans ce nouvel idéal aristocratique et sa figure court à travers toutes ces œuvres.

Un point commun entre le roman antique et le roman byzantin, légèrement plus tardif, vaut d'être souligné car il sépare ces œuvres des romans bretons : l'utilisation du merveilleux dans un sens rationnel. Décors et richesses invraisemblables, magie : mais l'auteur joue plus sur le dépaysement oriental que sur celui de la raison (dans *Partonopeus de Blois,* le mystère ne débouche jamais sur le surnaturel, la magie est plutôt une science qu'un don divin). Autre point commun : ils tirent presque toujours leur matière d'une source latine ou grecque, soit directement, soit par l'intermédiaire du Bas-Empire ou du haut Moyen Age (*Partonopeus* rappelle les *Métamorphoses* d'Apulée, sans doute à travers les *Mythologiae* de Fulgence ; *Florimont,* d'Aimon de Varennes, est censé rapporter des aventures juste antérieures à Alexandre, dans un décor plus byzantin et arabe qu'hellénistique). Les uns et les autres ont une prétention historique ; *Éracle,* de Gautier d'Arras, est à mi-chemin entre l'hagiographie et le roman historique (Héraclius, empereur de Constantinople, et l'exaltation de la sainte Croix). Ces œuvres enfin n'hésitent pas à aborder de front, souvent dans des discussions argumentées, les problèmes politiques majeurs de l'époque où ils ont été écrits. Dans *Partonopeus,* on trouve des protestations contre l'ascension politique des vilains : on naît chevalier, on ne le devient pas, et le mauvais choix que font les rois entraîne l'appauvrissement de la noblesse et l'apparition d'armées de mercenaires, moins fidèles. Écho du déclin de la chevalerie et du développement, sous Louis VII comme sous les Plantagenêts, des armées de soudoyers aux lieu et place de l'armée féodale. On retrouve ici les liens que tous ces écrivains entretenaient avec les grandes familles princières (Blois-Champagne, Alsace ou Flandre par exemple). Le courant réaliste qui traverse ces romans s'oppose à la féerie et au merveilleux de la matière de Bretagne.

2. **La matière de Bretagne.**

A) *A l'origine de la légende arthurienne* se trouvent les *Gesta Regum Anglorum* de Guillaume de Malmesbury (1125). Cette œuvre développe le thème du retour du roi Arthur : le grand roi celte ne serait pas mort, et d'ailleurs nul ne connaît sa tombe. Il reviendra un jour et permettra ainsi aux Bretons de prendre leur revanche sur l'envahisseur : résurrection de la grandeur passée. Geoffroy de Monmouth, dans son *Historia Regum Britanniae* (1137), conserve cette espérance populaire, mais s'efforce de transformer le messianisme arthurien en messianisme religieux : c'est en se soumettant à la foi chrétienne, en développant cette foi que le peuple breton renaîtra. Le roi Arthur a une stature nationale, et rien de plus. Le *Roman de Brut,* de Wace, qui est la traduction française de l'*Historia* de Geoffroy, se propose de glorifier la royauté britannique. L'invention de la tombe d'Arthur et de Guenièvre à Glastonbury, en 1191, montre que les légendes étaient répandues dans le pays et que les Plantagenêts étaient dans la nécessité de réagir. Le développement littéraire de cette matière est en partie lié à la politique d'Henri II, qui est constamment occupé, entre 1157 et 1171, à soumettre le pays de Galles, le comté de Nantes, la Bretagne armoricaine et l'Irlande. Par ailleurs, Aliénor recueille à sa cour les thèmes originaux de la littérature celtique, tout en y important l'idéal courtois des pays d'Oc.

B) La matière de Bretagne se caractérise par une *forme particulière de merveilleux.* Nains ou géants interviennent, incitant le chevalier à accomplir des exploits plus ou moins étranges, ponctués çà et là de prodiges. Le thème du don contraignant, que l'on accorde à qui le demande sans savoir quelle en sera la contrepartie ou la nature, est aussi un trait celtique. Mais le thème le plus important (et ce d'autant plus que les trouvères continentaux, qui le comprendront mal, en donneront une image transformée) est celui de l'Autre Monde. Pour les Celtes, ce monde n'est pas nettement séparé de celui des hommes. C'est le lieu où se trouvent à la fois les morts, les dieux et les fées. On y pénètre souvent sans le savoir, et nombre de femmes sont, du moins dans les légendes primitives, des fées (ainsi sans doute Lunete dans le *Chevalier au lion*). C'est le monde de Merlin et de Viviane, c'est aussi celui de la fée Morgue, sœur du roi Arthur. Le thème de la navigation merveilleuse lui est lié (on ne sait jamais dans quel monde on se trouve) : une nef conduit tantôt un défunt où le destin le veut (ainsi la nef de la demoiselle d'Escalot dans la *Mort le roi Artu*), tantôt le héros vers des rivages inconnus où des aventures l'attendent *(Queste del saint Graal)*. Mais ces motifs, détachés de leur contexte mythologique celtique, sont prêts à changer de sens, et en particulier à se plier à des interprétations chrétiennes (la légende du Graal, mais aussi le royaume de Gorre du *Chevalier de la charrette*). En Bretagne insulaire (particulièrement en Cornouailles, en Irlande et au pays de Galles) les principaux types de contes sont les « aitheda » ou enlèvements de femmes et les célèbres *Mabinogion,* récits de type mythologique où apparaît l'univers arthurien. En Bretagne armoricaine fleurit le lai, accompagné à la harpe ou à la rote. Ce dernier serait le modèle plus ou moins lointain des *Lais* de Marie de France.

C) *Les « Lais » de Marie de France.* — Marie a utilisé, outre le modèle armoricain, les traditions celtiques et sa culture latine : Ovide (qui joue un grand rôle dans tout le courant courtois) essentiellement. Elle utilise également les romans de *Thèbes* et d'*Enéas.* Le résultat est un mélange de merveilleux traditionnel et de courtoisie, de fantastique et de féerie celtique, de réalisme psychologique dans un cadre aristocratique.

Ses *lais* sont des pièces courtes, de 100 à 1 000 vers, qui racontent une aventure qui dévoile parfois un sens symbolique (lais de *Lanval, Yonec,* du *Chèvrefeuille,* etc. ; le lai de *Guingamor* lui aurait été attribué à tort).

Après Marie le genre continuera de fleurir (le *Lai du cor* de Robert Biket est peut-être antérieur à ceux de Marie ; mais on trouve dans leur postérité les lais de *Graelent, Doon, Mélion, Ignaure,* etc.) : lai satirique, lai burlesque, enfin, au XIIIe siècle, lai moralisant (lai du *Trot,* lai de l'*Oiselet*). Le genre se détache peu à peu de l'influence bretonne et se transforme en chanson ou nouvelle courtoise *(Lai de l'ombre* de Jean Renart, *Vair palefroi, Châtelaine de Vergi,* cf. *infra*).

3. **La légende de Tristan.** — La version dite commune, qui comprend en particulier le *Tristan* de Béroul et la *Folie Tristan* du manuscrit de Berne, est à l'opposé des valeurs courtoises. Présence, d'abord, d'éléments primitifs plus ou moins bien assimilés : ainsi les fameuses oreilles de cheval du roi Marc (détail superflu, qui rappelle que Marc, en irlandais, signifie « cheval »). La lutte contre le Morholt, puis contre le serpent, rappelle le mythe de Thésée délivrant les Athéniens de la tyrannie du Minotaure et purgeant la Terre de ses monstres. Absence de raffinement du décor ensuite : Béroul peint la vie seigneuriale d'une petite bourgade, non la vie brillante d'une cour princière. Mais surtout ces textes présentent un amour fou, irraisonné, qui se heurte à tous les usages et à toutes les nécessités, qui est une nécessité première et bénéficie de la protection divine. Roman subversif (J.-Ch. Payen) ? Dieu et le peuple sont favorables à Tristan, excusant un crime dont il n'est pas responsable (le philtre est la cause de cet amour) ; les barons et l'Église condamnent un péché contre Dieu et contre la société : Béroul fait pencher la balance du côté du héros, mais les contraintes sociales demeurent. Roman de l'échec ? L'amour de Tristan et d'Iseut ne peut se réaliser ni à l'intérieur, ni à l'extérieur de la société : il n'a d'autre issue que la mort.

Le texte de Béroul nous est parvenu dans un seul manuscrit, mutilé (4 500 vers). Très vite, le courant courtois s'est saisi de la légende pour en neutraliser les effets. Chez Thomas, le philtre est surtout conçu comme un symbole. De longs monologues permettent à l'idéologie courtoise de s'insinuer (il ne faut pas oublier qu'un des principaux théoriciens de l'amour courtois, André le Chapelain, soutenait dans son *De amore* que l'amour véritable ne peut être qu'adultère, car on n'aime que ce que l'on ne possède pas). Dieu est absent de cette œuvre, et les amants meurent sans songer à leur salut. L'exil dans la forêt de Morois, retraite honteuse chez Béroul, prend chez Thomas l'allure d'un défi. Une relative liberté remplace le fatalisme de Béroul. Le *Tristan* de Thomas est une œuvre païenne qui n'exclut pas, par endroits, une certaine sauvagerie (dispute d'Iseut et de Brangien) : l'influence courtoise y est donc encore toute relative. Le texte nous est parvenu de façon très fragmentaire (3 000 vers environ). Pour reconstituer l'ensemble de la légende, il faut recourir à des versions étrangères, allemandes en particulier : preuve, sans doute, que le roman gênait, même sous cette nouvelle forme. On est encore loin de l'univers proprement courtois de Chrétien de Troyes.

IV. — L'apogée du roman courtois : Chrétien de Troyes

Chrétien écrit à la cour de Champagne, qui se trouve au carrefour de l'Europe entière : la maison de Champagne est apparentée à Louis VII, à la cour d'Angleterre (la comtesse Marie est la fille de Louis VII et d'Aliénor, désormais reine d'Angleterre), à Frédéric Barberousse et à l'antipape Victor IV. Des rapports ont été noués dès la première Croisade entre la maison de Blois-Champagne (Aélis de Blois est la sœur de Marie) et la cour de Constantinople : Henri de Troyes avait été adoubé par l'empereur d'Orient lui-même.

1. **Matière et « sen ».** — Chrétien, vers 1160, commence sa carrière d'écrivain avec des œuvres imitées d'Ovide, dans le goût antiquisant qui domine à cette époque *(Art d'aimer, Philomena)*. Mais il se tourne vite vers la légende de Tristan, dont il transforme sans doute complètement l'esprit : le texte est perdu, mais on sait qu'il s'agissait d'un *Livre du roi Marc et d'Iseut la Blonde* (Tristan n'apparaît même plus dans le titre).

Les premières œuvres de Chrétien seraient orientées vers une recherche de l'équilibre amoureux au sein du mariage, et non dans l'adultère : sans doute son *Tristan,* à coup sûr *Cligès* et *Erec et Enide. Cligès* (1176) est un roman dit « byzantin », dans lequel Chrétien multiplie les monologues où se développent ses réflexions sur l'amour courtois ; *Erec et Enide* est un véritable roman breton, qui utilise des matériaux celtiques (épisodes du Blanc Cerf ou de la Joie de la Cour), mais dans lequel on voit apparaître la difficulté de concilier amour et chevalerie (le héros, tout entier à son amour, devient « recréant et doit réagir) ; le *Chevalier au lion (Yvain)* reprend ce thème en le retournant : Yvain, tout entier à ses exploits chevaleresques, oublie de revenir auprès de Laudine à la date fixée, ce qui le contraint à accomplir pour sa pénitence des exploits insurmontables (épisodes de la folie d'Yvain et de sa vie sauvage dans la forêt, de la lutte, victorieuse grâce au lion reconnaissant, contre un géant, etc.). Le *Chevalier de la charrette* est une œuvre beaucoup plus complexe ; Chrétien déclare que Marie de Champagne la lui a commandée en lui fournissant la matière et le « sen », c'est-à-dire la signification profonde : ainsi notre écrivain glorifie-t-il pour la première fois, et peut-être contre son gré, l'amour adultère de Lancelot et de Guenièvre : celle-ci ayant été enlevée par Méléagant, puissance de l'Autre Monde, Lancelot seul parviendra à la retrouver par sa prouesse, car son amour est assez fort pour l'aider à surmonter toutes les épreuves. Glorification de la *fine amor* trobadoresque, tel serait le « sen » indiqué par Marie. Tout l'art de Chrétien a consisté à transformer dans ce sens une matière fort différente : un « aithed » celtique (enlèvement de Guenièvre), combiné avec le thème de l'Autre Monde (le royaume de Gorre, « d'où nul ne retourne ») et des réminiscences de mythes (ainsi l'utilisation d'une forme particulière de merveilleux : épisodes du « cimetière futur », où Lancelot parvient à soulever sa future pierre tombale, et des lions menaçants du pont de l'Épée qui disparaissent miraculeusement). Œuvre si riche et si curieuse que J. Ribard[1] a pu y voir la transposition symbolique de l'histoire chrétienne de l'humanité, de la Passion (épisode de la charrette) à la Parousie (retour de Lancelot au royaume d'Arthur après avoir sauvé l'âme-Guenièvre). On passe ainsi du « sen » à une « senefiance » possible.

2. **La « conjointure ».** — C'est la mise en forme (le roman, dit Chrétien, est une « moult belle conjointure »). Le procédé essentiel dont a usé Chrétien est

1. J. Ribard, *Le Chevalier de la charrette, essai d'interprétation symbolique,* Paris, Nizet, 1972.

celui de l'entrelacement : l'auteur narre les aventures d'un héros, puis d'un autre, et revient ensuite au premier ; la chronologie des événements est parfois un peu floue, leurs aventures respectives occupant parfois un laps de temps manifestement différent ! C'est dans *Perceval* que Chrétien se montre en pleine possession de cet art (aventures de Perceval et de Gauvain) : les deux héros se présentent comme des figures antithétiques (Gauvain est le modèle, superficiel, de toute courtoisie). Chrétien utilise subtilement la rhétorique, et son œuvre ne sent pas l'école. Réaliste, parfois précieux, il excelle à créer des personnages bien individualisés. Techniquement, la brisure du couplet lui permet d'animer et de bien structurer le récit (procédé nouveau).

3. **Mythe et roman du Graal.** — Le *Conte du Graal (Perceval)* occupe une place à part, tant dans l'œuvre de Chrétien que dans l'histoire du roman médiéval. Inachevé, il a suscité de multiples continuations (*Continuation Gauvain,* qui reprend le conte au point où Chrétien l'avait laissé ; *Continuation Perceval,* qui lui fait suite ; *Continuations* de Manessier, qui poursuit, et de Gerbert de Montreuil, qui s'intercale), sans compter le roman de Robert de Boron (sans doute postérieur à celui de Chrétien, selon l'opinion traditionnelle reprise par J. Frappier contre l'argumentation d'E. Köhler) et le cycle en prose (cf. *infra*). Mais l'œuvre de Chrétien est obscure : Perceval, jeune rustre promis à un avenir chevaleresque, respecte scrupuleusement les conseils de sa mère et n'ose pas poser, au château du Graal, les questions qui auraient délivré le pays de sa dévastation et le roi de son infirmité. Il est ainsi victime de son péché initial (sa mère est morte de douleur après son départ). On ne connaît exactement ni la signification, ni l'origine du Graal de Chrétien.

Plusieurs théories ont été avancées : théorie chrétienne (le graal serait un ciboire, la lance serait la sainte Lance de Longin ; mais celle-ci ne saigne que chez notre écrivain), théorie païenne et naturaliste (le graal se rattacherait à un culte de la fécondité et de la végétation, lointain descendant des mystères orientaux), théorie celtique enfin, sans doute la plus sérieuse (le graal serait une coupe magique celtique, à la fois vase d'abondance et talisman royal de souveraineté ; la lance qui saigne existe aussi dans la littérature celtique, où elle est une arme de destruction), et théorie indo-européenne (J. Grisward). Le graal de Chrétien est mi-magique, mi-religieux (il sert une hostie), et Robert de Boron le reliera à l'histoire de Joseph d'Arimathie. La question de savoir si l'inspiration de Chrétien est religieuse et si son roman revêt un caractère presque mystique est très controversée (E. Faral le pensait, contre M. Roques et J. Marx par exemple). Cette œuvre, selon J. Frappier serait consacrée « à la louange d'une chevalerie acquise aux valeurs spirituelles, sans que son idéal allât jusqu'à de très hautes ambitions mystiques. »

4. **Arthur et la féodalité.** — Il est toujours le roi idéal, même si son image fluctue. Faiblesse et largesse en font le souverain féodal par excellence dont le devoir est de respecter la loi, la vérité, la foi et la justice. Sa puissance est liée à sa largesse, qui retient auprès de lui ses chevaliers (cet aspect existait déjà dans la royauté celtique). La puissance royale est liée à l'univers moral. Les relations idéales, sur le plan politique, sont donc réalisées dans le monde arthurien : s'il n'y a jamais, avant la *Mort le roi Artu,* de rébellion importante, c'est que le roi cède ou reconnaît ses torts. Le roman breton sait être à l'occasion un roman politique discret mais sans nul doute efficace : le chevalier parfait est celui qui, en abolissant les mauvaises coutumes qu'il rencontre sur son chemin, ou en soumettant les chevaliers orgueilleux, réduit l'anarchie et soumet le monde à l'ordre arthurien.

V. — Le roman en prose du XIIIe siècle

1. **Roman et allégorie.** — L'allégorie contamine tous les genres, et tend à répandre partout les mêmes poncifs. Mais c'est dans le domaine de la narration qu'elle

produit ses chefs-d'œuvre, au début du XIIIe siècle. Le roman allégorique combine des techniques propres au roman (progression d'une « aventure », fonds breton, vérité des situations et de la psychologie) avec les procédés de la double lecture et du commentaire symbolique. Le *Perceval* de Chrétien de Troyes n'entre pas dans cette catégorie, car il ne présente pas les indices, par ailleurs si abondants, du double sens : l'application mécanique des « ficelles » de l'exégèse y est déplacée et repose, sans doute, sur des confusions de terminologie. Les récits allégoriques du *Perlesvaus* ou du *Lancelot-Graal*, eux, ne laissent subsister aucune ambiguïté sur leur interprétation : une image simple y est développée en une série de paraboles, le commentaire ne se fait jamais attendre : il y a toujours un ermite prêt à expliquer ce qui est arrivé. Mais nous ne trouvons plus la rigueur, parfois maladroite, de l'allégorie religieuse : les détails « hors signification » prolifèrent, pour le plaisir du conteur, et la matière est pléthorique, débordant visiblement les limites trop étroites d'un sens spirituel dans lequel l'auteur essaie de l'enfermer. Le fonds commun de ces livres est la légende du Graal, devenue prétexte à l'opposition entre l'ancienne et la nouvelle Loi, et aux développements typologiques.

A) *Boron* a composé une trilogie *(Roman de l'estoire dou Graal,* suivi d'un *Merlin* et sans doute d'un *Perceval)* consacrée à Bron, Alain et Perceval. Peut-être n'est-elle pas vraiment un roman allégorique, mais son rôle est essentiel dans la création de la légende complète du Graal et pour la vraisemblance de l'interprétation chrétienne. Boron établit le lien entre la Terre sainte (Passion du Christ) et la Bretagne : Merlin fait la transition entre le monde antique et l'univers arthurien (création de la Table ronde, commémoration de la Cène, dont le Graal reste le symbole). Le service du Graal sera désormais assimilé à celui de la messe, dans la perspective d'une théologie de la Rédemption.

B) *Le « Perlesvaus »* est tout entier bâti sur l'opposition de l'Église et de la Synagogue, de l'ancienne et de la nouvelle Loi, qui se répète inlassablement à travers les personnages et les situations (les trois demoiselles qui apportent à la cour d'Arthur 150 têtes de chevaliers, ont une « senefiance » expliquée par un ermite : les têtes en or représentent la nouvelle Loi, celles de plomb l'ancienne). C'est un tissu d' « exempla », une épopée de guerre sainte dans la Bretagne païenne, qui raconte le Nouveau Testament. Les personnages essentiels de ce dernier sont incarnés par les chevaliers et les dames, en une succession de préfigurations justifiées *a posteriori,* d'après un système complexe, mais familier à la typologie médiévale : Joseph annonce Perlesvaus, figure du Christ ; la demoiselle sur le char est l'Église (le personnage s'efface devant la signification) ; l'épisode du château de l'Ermite noir rappelle le triomphe du Seigneur sur Satan ; la défaite du roi de Château-Mortel est une crucifixion symbolique. L'intrigue se déroule en parallélisme constant avec la vie du Christ : Méliot de Logres est le Christ enfant, Perlesvaus le représente dans la fleur de l'âge, Gauvain fait office de Jean-Baptiste, Pellès de prophète, Arthur de saint Paul. L'auteur fait usage du procédé de la parabole : un passage narratif, puis une digression explicative, placée dans la bouche d'un ermite qui dégage les ressemblances entre ce qui est arrivé et les Écritures. Mais l'élément profane y garde un rôle essentiel, par exemple dans la cruauté inouïe de certaines péripéties ou dans la surabondance de la matière.

C) *Le « Lancelot-Graal ».* — C'est une fresque gigantesque (sept volumes monumentaux) qui s'organise en cinq livres (une première série de trois : *Lancelot propre, Queste del saint Graal, Mort le roi Artu ;* puis, postérieure, une série de deux : l'*Estoire del saint Graal,* l'*Estoire de Merlin*).

Le centre en est l'amour, adultère, de Lancelot et de Guenièvre ; l'idée fondamentale, le passage d'une chevalerie « terrienne » incarnée par Lancelot et Gauvain, parfaits selon la perspective courtoise, à la chevalerie « célestielle », dont le représentant sera Perceval, puis Galaad, fils de Lancelot, pur de toute attache charnelle. Dans cette œuvre, véritable cathédrale, tout revêt un sens mystique : la *Queste* en est le point culminant, tandis que la *Mort Artu* raconte le déclin et la destruction de l'univers arthurien, revenu à ses imperfections (guerre d'Arthur et de Lancelot, mort du roi à la bataille de Salesbières). L'*Estoire del saint Graal* et l'*Estoire de Merlin* s'inspirent de l'œuvre de Boron retraçant la transmission du Graal jusqu'en Bretagne, et la jeunesse d'Arthur. Dans *Lancelot,* nous avons une magnifique évocation du monde profane de la prouesse et de l'amour : les tournois succèdent aux tournois, mais tout est entaché par cette liaison adultérine, symbole des sentiments courtois ; Lancelot et Gauvain, qui tiennent encore trop à ces valeurs, échoueront dans leur quête. La *Queste* est le roman allégorique le mieux construit, se déroulant simultanément sur les deux plans : humain et divin, aventure et « senefiance », dont la relation est définie par une glose récurrente, qui rattache les types narratifs du roman breton à une surnature irreprésentable. Les aventures comprennent des signes, des songes, qui se réfèrent d'abord à l'histoire du Graal, puis à l'Histoire sainte. Les interprétations sont fournies par des personnages désignés : recluses, moines et ermites, preudomes (cf. le Château des Pucelles, dont Galaad réforme la coutume : les pucelles sont les âmes, le château est l'enfer, les sept chevaliers sont les péchés capitaux).

2. **Chevalerie et société dans le « Lancelot-Graal ».**

Cet énorme corpus serait l'œuvre d'une équipe et non d'un seul écrivain (malgré la signature de Gautier Map, clerc insulaire mort plusieurs années avant la rédaction de cette œuvre !). Le *Lancelot propre,* d'inspiration courtoise, célèbre encore les valeurs terrestres et rappelle l'univers des œuvres précédentes : mais le péché de Lancelot et de la reine peut laisser prévoir les développements futurs. La *Queste del saint Graal* est d'inspiration cistercienne. Le clergé y joue le rôle d'un point fixe, omniprésent ; il s'oppose ainsi au monde chevaleresque en continuel déplacement (quête). Il est omniscient : il attend un chevalier dont il connaît le nom (Galaad) et révèle aux chevaliers le sens, la *senefiance* de leurs aventures (ainsi celle de Perceval sur l'île déserte). Le clergé est donc déjà détaché du monde terrestre. Quant à la chevalerie, son statut est ambigu : la *Queste* est peut-être moins la glorification de son rôle moteur et spirituel que la constatation qu'elle n'a plus de rôle à jouer : la chevalerie « terrienne », qui représente à travers Gauvain et Lancelot l'expression achevée de l'univers féodalo-courtois, est vouée à l'échec. La chevalerie « célestielle », représentée par le seul Galaad (Perceval et Bohort n'y accèdent pas vraiment), est la sublimation de la précédente : amour courtois spiritualisé en amour divin, ce qui entraîne la disparition du péché d'orgueil lié à la chevalerie terrienne. Mais Galaad est un élu, élevé en dehors du monde féodal et courtois malgré ses origines. La chevalerie est donc incapable d'assumer une mission eschatologique, c'est-à-dire d'avoir une essence divine (qui l'aurait hissée au niveau spirituel de la royauté qui, en France comme en Angleterre, est thaumaturge et sacrée). D'ailleurs, la révélation des mystères du Graal ne sert qu'au salut de Galaad, il n'y a pas de rédemption générale, de « terre gaste » qui se trouverait régénérée (on est loin des prémisses du *Conte du Graal* de Chrétien). Après la mort du héros, la chevalerie n'a plus rien à accomplir : le Siège périlleux n'aura plus de titulaire, et le monde arthurien n'a plus qu'à disparaître. Il s'écroule d'ailleurs, dans la *Mort Artu,* pour n'avoir pas su se dégager de la chevalerie terrestre qui apparaît comme contradictoire en soi : courtoisie (Lancelot) et féodalité (Gauvain et la solidarité du lignage) s'opposent désormais, leur excès conduit l'univers à la ruine. Arthur ne sait pas échapper à ce cercle : modèle du souverain tel que pouvait le rêver le monde féodal, il est par là même incapable d'assurer la survie de son royaume. Ainsi s'affirme l'échec global du monde féodal idéal, miné par ses propres valeurs, à l'époque où s'affirme la puissance royale et où le clergé s'efforce de lutter contre un idéal de vie dont le caractère ostensiblement laïque avait rencontré le succès que l'on sait dans l'aristocratie comme dans la noblesse pauvre.

3. **Le « Tristan en prose » et la dilution du roman.** — L'univers arthurien se transforme et perd son contenu idéologique : le trait essentiel du *Tristan en prose* est la prolifération d'aventures dans lesquelles la magie originelle reprend ses droits. La chevalerie n'y joue plus le rôle précis qu'elle jouait chez Chrétien ou ses successeurs. En même temps, le roman tend à remonter aux origines post-évangéliques des légendes (cf. déjà Robert de Boron), faisant de Marc l'héritier d'une longue tradition familiale criminelle et incestueuse. Quant à Tristan et Iseut, le philtre ne déclenche pas leur amour, il ne fait que l'aviver et le leur révéler clairement. Le héros meurt victime d'un complot ourdi par le roi Marc, dont la figure est franchement odieuse. Ni courtoisie, ni mystique chrétienne, ni sens de la fatalité ou du destin : le roman est simplement un immense tissu d'aventures souvent narrées pour elles-mêmes. Le procédé de l'entrelacement se dilue dans une succession de juxtapositions, à la limite de l'absence de construction. Le phénomène atteindra ses limites dans des œuvres comme *Isaïe le Triste* ou *Perceforest* (fin XIVe siècle), où la volonté de restituer toute la complexité du réel ne connaît pas toujours les réussites du *Lancelot-Graal.*

VI. — La persistance du roman en vers

1. Il existe encore, au XIIIe siècle, des romans arthuriens en vers (*L'Atre périlleux,* le *Chevalier à l'épée, Durmart le Gallois,* les *Enfances Gauvain, Fergus et Galienne,* le *Bel inconnu, Méraugis de Portlesguez* de Raoul de Houdenc ; la *Vengeance Raguidel, Mériadeuc, Yder,* etc.). Ces œuvres opposent souvent l'amour adultère, considéré comme cause de déchéance, et l'amour pur et rédempteur fréquemment identifié à la tendresse conjugale. Cette recherche de la pureté et cette apologie du mariage rapprochent ces auteurs de Chrétien plutôt que des théoriciens courtois. Autre trait commun à tous ces romans : le merveilleux a tendance à se transformer en fantastique infernal. Enfin, au cours du siècle, le roman breton en vers subit la même évolution fatale que le roman en prose : proportions énormes, prééminence de l'aventure gratuite, disparition de l'idéologie courtoise, voire de toute idéologie.

2. **Jean Renart et le courant réaliste.** — Un certain nombre d'écrivains, à partir de 1200 environ, refusent le dépaysement, que celui-ci provienne d'un voyage dans le temps, l'espace ou le merveilleux. La matière qu'ils choisissent est la société contemporaine. Ainsi les romans de l'*Escoufle,* de *Guillaume de Dole,* le *Lai de l'ombre* (Jean Renart, 1200-1220) ou, peu après 1250, le *Roman du châtelain de Coucy,* celui de la *Violette ou* de la *Châtelaine de Vergi* (également qualifiée de « nouvelle courtoise »). On y voit des scènes de la vie quotidienne, des tournois ; à l'idéal aristocratique, courtois ou mystique, succède la réalité aristocratique, profane et galante. Si Jean Renart préfère les histoires heureuses, où il déploie une remarquable finesse psychologique à la manière des romanciers courtois (sans en être un), ses successeurs donnent

souvent dans le drame (*Châtelaine de Vergi* par exemple). Dans toutes ces œuvres, le dialogue revêt une grande importance.

3. **Le roman idyllique.** — Il associe dans son titre un héros et une héroïne. Malgré l'utilisation constante de poncifs comme les captivités, les évasions, etc. (que l'on trouve déjà dans leur ancêtre grec de Longus, *Daphnis et Chloé*), malgré le manque total d'originalité de la matière, ces œuvres ont les qualités de leurs héros : action pirouettante, enthousiasme, fraîcheur d'esprit. Le genre, auquel appartiennent des chefs-d'œuvre comme *Erec et Enide* (cf. *supra*) ou *Floire et Blancheflor* (XIIIe siècle), dévie assez tôt vers le mélodrame *(Floris et Lyriopé, Amadas et Idoine)* ou vers le roman parodique, dont le sommet est *Aucassin et Nicolette* (chantefable dont les parties lyriques ont un peu la même fonction que les laisses similaires des chansons de geste). Cette œuvre présente de façon plaisante un monde à l'envers : interversion des noms (Nicolette est Sarrasine, tandis qu'Aucassin, « Al Kassim », est un chevalier chrétien), interversion des sexes (au royaume de Torelore, on voit des hommes accoucher et des femmes aller au combat) ou de la psychologie habituelle (Aucassin est dépassé par les événements, tandis que Nicolette les maîtrise), interversion des images sociales (la chevalerie est ridicule et les vilains sont pleins de sagesse). Anti-roman par excellence, qui se moque d'un genre dont il reprend et retourne les thèmes et les motifs, en plaisantant sérieusement sur la société contemporaine (début du XIIIe siècle).

Chapitre IV

DE L'UNIVERS MORAL AU SOUCI DE L'ACTUALITÉ

I. — Les schémas traditionnels

1. **L'invasion de l'allégorie et ses réussites.** — C'est à la fin du XIIe siècle qu'apparaît en français un procédé qui a déjà une longue histoire, puisqu'il est employé depuis longtemps par les théologiens, décrit depuis l'Antiquité par la rhétorique, et utilisé dans la littérature en langue latine, au moment où la langue vulgaire va l'emprunter pour en faire une véritable mode au XIIIe siècle et jusqu'à la fin du Moyen Age.

A) *La genèse. — a) L'allégorie dans la théologie.* L'Écriture sainte, depuis saint Augustin, est considérée comme un réseau de symboles, exprimant en termes compréhensibles pour l'homme, en images, les mystères de la foi. Aussi peut-on la lire superficiellement, en y cherchant le sens des mots, du récit (la « lettre »), ou bien en profondeur, en y découvrant ce que traduisent les équivalences humaines (l'allégorie). Cette double signification est à la base de l'exégèse, dont la théorie a été mise en place dès la fin de l'Antiquité, puis étoffée par tous les grands théologiens du Ve au XIIIe siècle, en se compliquant progressivement. On en est arrivé, en effet, dans le sens littéral, à deux niveaux[1], et à trois dans le sens spirituel[2]. Si

1. Le plan de l'énonciation pure, et celui de la figure de style, du «trope», qui crée une première forme de symbolisation *(allegoria in verbis)*.

2. Il peut révéler les vérités de la foi avec des perspectives variées : tropologique (domaine de l'éthique), allégorique au sens restreint (les prédictions sur le Christ et l'Église), anagogique (eschatologie).

cette technique n'a pas une influence directe sur la création littéraire (si l'on se réfère à la fameuse *Lettre à Can Grande* de Dante), elle lui fournit à la fois son point de départ (les premières œuvres sont des paraphrases inspirées de sujets bibliques), et une méthode de lecture des signes, accompagnée d'une « encyclopédie thématique ».

b) La rhétorique. Aristote, Cicéron et Quintilien la définissent comme un « trope » (figure de sens) consistant à « dire une chose pour en faire entendre une autre » *(aliud verbis, aliud sensu ostendans),* ou comme une métaphore filée. Les deux explications, partielles, sont des approches différentes d'une même façon d'écrire, dont les auteurs médiévaux vont trouver les modèles dans des traités contemporains de Geoffroy de Vinsauf, Matthieu de Vendôme, Gervais de Melkley.

c) Les grands ancêtres. Depuis le Ve siècle, il existe des œuvres de grande dimension construites sur ce procédé ; la *Psychomachia* de Prudence, met en scène, par des personnifications de Vices et de Vertus, un conflit psychologique, qui devient un combat, dans l'âme, de deux armées rivales ; les *Noces de Mercure et de Philologie* de Martianus Capella, nous montrent le cortège des sept Arts. La forme allégorique connaît un regain de faveur au XIIe siècle dans des compositions philosophiques et cosmogoniques d'Alain de Lille, le *De planctu naturae* et l'*Anticlaudianus,* de Bernard Silvestre *(De mundi universitate)* et de Jean de Salisbury *(Polycraticus).* Nous y voyons des personnifications, comme Nature, incarnant des notions abstraites, et donnant des apparences plus ou moins concrètes à des problèmes métaphysiques. L'*Architrenius* de Jean de Hanville tourne un peu le genre en ridicule.

B) *Les procédés de l'allégorie. — a) Le double sens* en est la condition indispensable. L'allégorie produit un texte qui nous invite à chercher derrière le tissu des images un sens plus général, qui d'ailleurs est souvent explicité. Quels sont les indices qui permettent d'aborder une œuvre ainsi ? Un sens littéral qui paraît insuffisant (qui donne l'impression que « tout n'est pas dit »), invraisemblable (une atmosphère étrange, proche du merveilleux), ou paradoxal (la suite des éléments est incohérente) ; souvent aussi, il participe d'un langage rituel, extrêmement codifié. Mais la clef la plus sûre sera la déclaration de l'auteur lui-même, dans son prologue *(Anticlaudianus)* ou au cours du récit (comme les réflexions sur « songe » et « mensonge » de Guillaume de Lorris, les développements sur la « senefiance » qui figurent dans le *Songe d'enfer*, v. 1-2). Pour que le public ne lise pas sans réfléchir, l'écrivain parlera constamment de l'opposition entre l'écorce et la moelle, le sens « enclos » et le sens « desclos » (cf. le Reclus de Molliens). La transition d'un registre à l'autre s'opère la plupart du temps de manière très ouverte, par l'emploi de termes comme « senefier » et ses synonymes. Les deux registres de la signification entretiennent des rapports complexes : ils peuvent être juxtaposés (d'abord l'énoncé symbolique, puis un commentaire, comme dans le *Dit des trois mots* de Guillaume le Clerc, ou dans le *Songe de paradis*), ou intimement mêlés (commentaire intégré, mis dans la bouche d'une personnification ou prononcé par l'auteur, comme dans la plupart des œuvres)[1], mais aussi décalés, laissant la place à la polysémie (*Psychomachia* de Prudence), à des effets d'attente (le *Roman de la Rose*) ou d'ironie, jeu favori de Jean de Meung.

b) La fiction du songe. Un grand nombre de ces récits se présente comme la relation d'un songe de l'auteur, convention qui permet de désigner la lettre comme imaginaire, mais le « sens » comme vrai[2] ; l'allégorie se veut révélation d'une vérité : « Maintes gens disent qu'en songes / N'a se fables non et mensonges ; / Mais l'en peut tels songes songier / Qui ne sont mie mensongier » (*Roman de la Rose*, vv. 1-4).

c) Le montage métaphorique. Un texte allégorique est une séquence d'images, métaphores ou comparaisons, imbriquées les unes dans les autres, selon un processus d'enchaînement métonymique et subordonnées à un symbole fondamental (conquête amoureuse et chasse). Deux méthodes se partagent la faveur des auteurs et du public : dramatiser une métaphore, la prendre « littéralement » (chez Prudence, le conflit des passions est représenté par une véritable guerre, avec des personnifications qui se battent réellement), ou décomposer en une série d'images, une ressemblance souvent vague, par un développement analytique et hiérarchisé (la vie est un voyage, un pèlerinage, qui se divise en étapes, en rencontres, comme dans le *Songe d'enfer,* le *Pèlerinage de vie humaine*) ; la technique la plus utilisée est descriptive : une aile est faite de plumes, dont chacune correspond à une vertu.

d) La personnification. Il s'agit du procédé le plus employé, au point d'entraîner une confusion de langage. Une notion abstraite est rendue concrète par la fiction d'une forme humaine. La per-

1. Cf. *Complainte d'amour, Roman des ailes* de Raoul de Houdenc, *Armure du chevalier* de Guiot de Provins, *Dit de l'épée* de Jacques de Baisieux, les *Bestiaires :* tous ces poèmes comprennent l'explication par l'auteur des signes qu'il emploie ; la thématique du Jardin d'Amour préfère utiliser la personnification : cf. le *Dit de la panthère d'amour.*

2. Cf. Macrobe et sa définition du *somnium.*

sonnification est une expression condensée de la technique allégorique : en un seul et même terme, se rencontrent le sens littéral et le sens allégorique, l'image et l'interprétation. Il arrive que des personnifications, à force d'être utilisées, finissent par acquérir une dimension mythique : Amour, Fortune, Mort ont un statut comparable à celui de divinités antiques.

C) *Chronologie des œuvres.* — *a) 1150-1180.* La littérature allégorique française fait ses premiers pas, sous l'égide de l'exégèse biblique, avec des paraphrases qui développent des thèmes religieux, et transmettent aux ouvrages profanes les motifs et les procédés de l'allégorie théologique[1]. Les *Vers de la mort* du moine Hélinant de Froidmont (1193-1197) marquent la transition avec des œuvres plus indépendantes.

b) Jusqu'en 1220, l'allégorie continue à créer des poèmes d'inspiration religieuse, mais d'une facture plus élaborée : des auteurs se spécialisent dans cette branche, comme Jacques de Baisieux, avec le *Dit de l'épée,* interprétation de l'équipement du chevalier, le *Dit des cinq lettres de Marie,* le *Fief d'amour* qui oppose l'amour terrestre et l'amour « célestien » ; Guiot de Provins, avec l'*Armure du chevalier* (1204) et la *Bible Guiot* (1204-1209) ou le *Roman des romans* ; Raoul de Houdenc avec le *Songe d'enfer* et le *Roman des ailes* ; Guillaume le Clerc, avec sa *Vie de Tobie,* le *Besant de Dieu,* le *Dit des trois mots ;* le Reclus de Molliens, dans le *Roman de charité* (1224) et le *Miserere* (1228) ; Robert Grosseteste avec le *Château d'amour* et les *Filles de Dieu.* Mais la plupart de ces œuvres restent anonymes : le *Chevalier de Dieu* reprend le thème des « trois ennemis de l'homme », comme le *Roman des*

1. *Cantique des Cantiques* de Landri de Waben (1176-1181), *Eructavit* d'Adam de Perseigne (1181-1187); sur le Psaume 44 et l'« avision » de David, *Genèse* d'Évrart (1192), *Pater Noster* de Silvestre (1180), *De Jherusalem la cité* (1180, sermon en vers, où nous voyons l'âme assaillie par les démons et des personnifications des Vices).

trois ennemis de l'homme, de même, la *Desputoison de l'âme et du corps,* le *Dit des quatre filles de Dieu.*

c) Vers 1220-1230, quelques grands poèmes reprennent l'idée de la *psychomachia*: le *Tournoiement antéchrist* de Huon de Méry (1234-1235) une *Voie de paradis* anonyme. C'est aussi la période des *Bestiaires* (de Gervaise, de Pierre de Beauvais, de Guillaume le Clerc) qui interprètent de manière allégorique, les « natures » des animaux (ainsi, le pélican, qui se sacrifie pour ses petits, est le symbole du Christ).

d) Après 1230, deux traditions vont coexister : l'inspiration morale des *Dits* (Henri d'Andeli, *Dit du chancelier Philippe,* 1236 ; Huon le Roi de Cambrai, *Dit des trois amis,* 1244 ; Baudoin de Condé, *Les regrets Nostre-Dame,* le *Conte du pélican,* la *Voie de paradis),* qui prend parfois l'aspect d'une *psychomachia* (*Bataille d'Enfer et de Paradis, Bataille des sept arts* d'Henri d'Andeli) ; mais aussi des œuvres qui développent la thématique de la Cour d'Amour et se rattachent au *Roman de la Rose* (l'*Arrière-ban d'Amour, De Vénus la déesse d'Amour*).

D) *Guillaume de Lorris.* — Le *Roman de la Rose* est l'œuvre allégorique la plus célèbre : écrit entre 1220 et 1240, c'est un « art d'aimer » sous forme de songe, joué par des personnifications de sentiments et de comportements amoureux[1].

a) La double lecture. Le cadre narratif est une fiction (le songe), dont l'auteur ne cesse d'affirmer la vérité.

1. Se trouvant devant le jardin de Déduit, le narrateur réussit à y pénétrer grâce à Dame Oiseuse. Il y trouve une société raffinée, dansant avec Déduit, Amour, Beauté, Doux regard, puis un parc magnifique : à la fontaine de Narcisse il est frappé par les cinq flèches d'Amour (Beauté, Simplesse, Courtoisie, Compagnie, Beau semblant), qui lui enseigne les règles de l'amour. L'Amant part à la conquête de la rose, avec l'aide de personnifications favorables (Bel accueil, Ami), contre les obstacles : Danger, Raison, Male Bouche, Jalousie. La rose est finalement enfermée dans une tour.

L'intérêt du lecteur est ménagé par la technique de l'explication différée, et une superposition récit/sens très souple : jamais de commentaire direct, malgré l'assurance répétée de l'existence du double sens. Le poème fonctionne selon un triple ordre de signification : la lettre (quête de la rose dans un jardin peuplé de personnifications), un premier niveau d'allégorie (l'histoire d'un jeune homme qui tombe amoureux d'une jeune fille et fait sa conquête, en passant par toutes les étapes de *l'innamoramento,* de la résistance), enfin, un enseignement général, un *Ars Amandi* dans la tradition d'Ovide. La métaphore relève d'un imaginaire appartenant à l'univers courtois mais Lorris garde la possibilité du mystère, dans un sens littéral ambigu (personnages non allégoriques comme Ami, appel au mythe : Narcisse).

b) Le développement de la trame métaphorique. Plusieurs procédés font avancer le récit (description du *locus amoenus* puis monologue, allégorie didactique, personnifications en action). L'instauration du discours direct interrompt l'accumulation d'éléments statiques du début (énumération et juxtaposition d'emblèmes comme les flèches d'Amour, l'épisode de la fontaine, la description des personnifications représentées sur le mur). La description et la signification progressent ensemble jusqu'à l'intrusion du commentaire parlé : d'abord la découverte de la rivière (la vie), l'arrivée au jardin (la société), la vision de la rose (amour), la passion (les flèches symbolisent le « coup de foudre » du regard, et reprennent les étapes de la séduction). Mais l'auteur provoque des effets de décalage : les implications du mythe de Narcisse dépassent les limites d'une simple explication allégorique (l'escarboucle de la fontaine est à la fois pierre magique, œil de la femme, miroir universel et prisme de la poésie). Dans le *Roman de la Rose,* le sens n'a pas encore étouffé la métaphore : Lorris a créé un univers de formes où le signifiant l'emporte encore sur le signifié.

2. Connaissance et compréhension du monde physique.

A) *Bestiaires et lapidaires.* — On y voit clairement quelles étaient les limites nécessaires, au moins jusqu'à la première moitié du XIIIe siècle, d'une littérature de science. Le but de ces œuvres est de faire connaître et d'élucider les propriétés et les caractéristiques des êtres naturels, animaux, pierres et plantes. Les bestiaires les plus célèbres sont ceux de Philippe de Thaon, de Gervaise, de Guillaume le Clerc et de Pierre de Beauvais. Allégorie et théologie envahissent l'histoire naturelle : ne pas oublier qu'à cette époque le monde vivant est conçu comme un simple reflet, sans véritable autonomie, des réalités divines (≠ thomisme). Ces ouvrages ont pour ancêtres les *Étymologies* d'Isidore de Séville (VIIe siècle) et le *Physiologus,* ce qui a pour effet de mêler des croyances héritées de l'Antiquité aux commentaires allégoriques. Les naturalistes du Moyen Age n'observent pas la réalité, ils s'efforcent de reproduire et d'embrasser le plus grand nombre possible de connaissances antérieures.

Philippe de Thaon est l'auteur d'un *Bestiaire,* d'un *Lapidaire* et d'un *Comput* (sorte de calendrier liturgique, qui rapporte l'évolution des astres, auxquels est attribuée une valeur symbolique), dans le premier quart du XIIe siècle. Il traite d'abord des quadrupèdes et des insectes, puis des oiseaux : mais il mêle des animaux fantastiques (licorne, centaure, sirène ou phénix) aux animaux exotiques (panthère, lion, éléphant) ou familiers (cerf, fourmi...). La symbolique est plutôt pauvre et se ramène aux figures de Jésus-Christ (lion, licorne, cerf...), de l'homme (fourmi, castor, hyène), du diable (hérisson, goupil, singe) ou de l'Église (tourterelle). Cette description de 35 animaux est d'un intérêt littéraire médiocre : transitions stéréotypées, rimes négligées, style lourd. Le *Lapidaire* (environ 74 pierres précieuses, aux origines étranges et aux vertus miraculeuses) témoigne des mêmes faiblesses de style et de composition.

Le *Bestiaire* de Gervaise, plus court que les autres, est une transcription sans originalité d'un modèle latin et présente d'autant moins d'intérêt qu'il est contemporain de celui de Guillaume le Clerc (début XIIIe), le plus long de tous (près de 4 000 vers, mais les 500 derniers sont en fait deux sermons sur des paraboles de l'*Évangile*), et dont la valeur littéraire, quoique faible, est bien supérieure. Guillaume, sans trahir ses modèles latins dont l'autorité ne saurait être contestée, fait parfois preuve d'originalité en introduisant de rapides allusions littéraires pour donner un tour plus vif à son argumentation (Arthur, Charlemagne, *Roman de Renart*).

Il faut enfin signaler le *Bestiaire* de Pierre de Beauvais. L'auteur a choisi de récrire en prose parce que, dit-il, les nécessités de la rime s'opposent à l'exactitude de la pensée. Il en existe deux versions, respectivement de 39 et de 71 chapitres.

Toutes ces œuvres témoignent d'une conception morale et purement livresque des sciences naturelles. Leur influence fut considérable : telle ou telle légende est citée dans des œuvres littéraires (poèmes de Thibaut de Champagne, *Partonopeus,* etc.), même en dehors de tout contexte religieux.

B) *L'« Image du monde »,* vaste poème en octosyllabes à rimes plates, de Gossuin de Metz, se présente comme une somme du savoir scientifique (vers 1245). On y trouve 14 chapitres de cosmogonie, 19 de géographie (où l'on perçoit l'influence de l'*Imago Mundi* d'Honorius d'Autun), et 22 d'astronomie.

La première partie est d'ailleurs composite : création du monde et de l'homme selon l'*Ancien Testament,* progrès de l'esprit humain (Grèce, Rome, puis Paris et l'enseignement des sept arts libéraux), considérations sur la nature, force génératrice au service de Dieu, et sur la configuration générale du monde selon une appréhension tantôt chrétienne (le firmament et les anges), tantôt antique (rotondité de la Terre, mouvements célestes). La seconde partie décrit les trois parties du monde (et situe en Asie le paradis terrestre), comprend une sorte de bestiaire où la licorne est abondamment décrite, mêle toutes les légendes (Atlantide, purgatoire de saint Patrice, navigation de saint Brendan), décrit l'enfer qu'il situe scientifiquement au centre de la

Terre, revient à la surface du globe, traite des phénomènes atmosphériques et de l'harmonie des sphères (que les enfants perçoivent dans leur sommeil). La troisième partie est tout aussi confuse : éclipses, digressions sur Virgile (qui passe pour le plus grand astronome de tous les temps !) et sur l'origine de la monnaie, retour à l'astronomie (dimensions des astres, etc.). Ce tableau de l'univers s'achève sur une description du paradis, situé dans l'empyrée du troisième ciel.

Telle qu'elle se présente, l'*Image du monde* est une œuvre littéraire médiocre (aucune véritable construction, peu d'originalité) mais constitue un excellent témoignage sur l'influence de la littérature romanesque sur la littérature de science (ainsi, les descriptions de l'Asie utilisent abondamment le *Roman d'Alexandre*). Cette œuvre n'est d'ailleurs pas unique ; à côté des bestiaires, volucraires, lapidaires, ou herbiers, existent des *Mappemondes* et des *Images* latines ou françaises. D'innombrables traités, qui couvrent l'ensemble des activités humaines de l'époque, constituent l'essentiel de cette littérature de science.

3. **Le didactisme moral et pratique.** — Un certain nombre d'ouvrages veulent enseigner aux hommes, ou à telle catégorie d'entre eux, les usages convenables et les préceptes moraux à respecter : *Enseignement des princes* de Robert de Blois (qui commence en forme de satire mais en vient vite aux conseils pratiques, qui reprennent des lieux communs de la littérature aristocratique, trobadoresque ou arthurienne), l'*Ordre de chevalerie.* Allégorique, courtois et chrétien, le *Roman des ailes* de Raoul de Houdenc annonce le *Roman de la Rose* ; esprit de charité et fidélité à la dame sont les qualités du prodome. Nombreux *Chastoiements* (enseignements) : *Chastoiement d'un père à son fils,* inspiré de la *Disciplina clericalis* de Pierre Alfonse, succession de contes moraux assez proches des fabliaux ; *Chastoiement des dames,* de Robert de Blois qui semble manier

un solide sens de l'humour. Enfin, des œuvres enseignent comment se comporter dans le monde pour échapper à la médisance : *Doctrinal Sauvage* et, sur le mode de la farce, les collections de la *Riote du monde,* d'une verve remarquable.

4. **La littérature religieuse.** — Elle s'adresse au peuple, et veut illustrer les enseignements de l'Église. On trouve d'abondantes traductions, complètes ou partielles, de l'*Ancien Testament,* à quoi il faut ajouter l'*Évangile de Nicodème* et l'*Apocalypse* (XIIIe siècle). Innombrables vies de saints, plusieurs versions du *Purgatoire de saint Patrice,* en vers ou en prose (dont celle de Marie de France), des *Miracles,* surtout de la Vierge, tantôt en recueils, tantôt isolés ; des compositions tirées des Apocryphes (*Plaintes de la Vierge* reprenant le thème du *Stabat Mater,* etc.). S'y ajoutent des poèmes didactiques (*Voie de paradis, Songe d'enfer* de Raoul de Houdenc, *Tournoiement antéchrist* de Huon de Méry), des sermons, et quelques contes pieux comme le *Chevalier au barisel* (un chevalier qui doit, pour sa pénitence, remplir un baril d'eau, n'y parviendra qu'avec sa première larme de repentir).

Trois œuvres au moins méritent une mention particulière :

a) Le *Poème moral* (influence de saint Grégoire le Grand) dont le plan est malheureusement dissimulé sous l'abondance des digressions et développements secondaires ; œuvre complexe, où alternent questions doctrinales et tableaux de mœurs ; l'auteur (inconnu) affirme qu'il suffit, pour être sauvé, de ne pas être esclave des biens de ce monde, et non d'y renoncer.

b) Les *Miracles de la Vierge* de Gautier de Coincy, les plus célèbres, sont loin d'être parfaits. Le thème, toujours identique, est développé de façon souvent filandreuse jusqu'à sa conclusion : la Vierge, sensible aux prières, n'abandonne pas ceux qui l'ont vénérée.

c) Les *Vers de la mort* d'Hélinant de Froidmont (fin XIIe siècle) inaugurent la structure en douzains d'octosyllabes, qui fera fortune. C'est une véritable œuvre lyrique, où la mort apparaît comme maîtresse de l'humanité, sous les traits qui seront les siens dans les danses macabres. Anaphores puissantes, accumulation d'images et de visions font de ce poème un des chefs-d'œuvre de la lyrique pieuse du Moyen Age.

Enfin, l'inspiration religieuse pénètre dans des genres comme le « dit » ou le roman (*Robert le diable* où le héros, conçu du diable, renonce à sa nature perverse pour échapper à son destin).

5. **L'apparition d'une littérature dramatique.** — Avant 1250, le théâtre est presque exclusivement religieux. Son origine liturgique est ancienne (attestée dès le Xe siècle). Une ébauche de jeu scénique accompagnait les chants religieux de l'office de Pâques. Du Xe au XIIe siècle s'est développé le *drame liturgique* : offices de Pâques, puis *Nativités* (XIe siècle), enfin *Miracles* et genres divers (Offices des *Mages,* etc.), naturellement en latin. Sa fonction est pédagogique, il est joué par les prêtres autour de l'autel. Puis le drame devient bilingue, il s'enrichit et se développe. Des strophes en langue vulgaire alternent avec des strophes en latin ; c'est parfois le refrain qui est en français (*Sponsus* ou *Jeu des vierges sages et des vierges folles,* XIIe siècle). A cette époque les thèmes deviennent plus variés et s'écartent de la liturgie proprement dite. Ainsi naît (milieu du XIIe siècle) le *drame semi-liturgique.* Le décor change (parvis ou cloître), le style se transforme : aux offices dialogués succèdent de vraies compositions dramatiques. Si le *Drame de la Résurrection* reste techniquement sommaire et s'affranchit mal des origines liturgiques du genre, le *Jeu d'Adam* franchit le pas : finesse psychologique, utilisation assez réussie de la réplique et même de la mise en scène, conception dynamique du drame. Enfin, avec le *Jeu de saint Nicolas,* de Jean Bodel, naît le théâtre bourgeois (ce saint passait

d'ailleurs pour favoriser les découvertes et les restitutions de trésors). Dramatique et pittoresque, c'est une œuvre de propagande : le monde musulman y est décrit selon l'imagerie traditionnelle, mais finit par se soumettre au Christ. Aux scènes de bataille dans le goût épique, mais de peu d'effet sur une scène, succèdent de burlesques scènes de taverne d'un vif réalisme. Bodel a également su transformer sa matière (le miracle) pour en tirer le maximum d'intensité dramatique (la vie d'un homme est en jeu). Ce n'est sans doute pas un hasard si la première pièce de théâtre profane, *Courtois d'Arras,* est née dans la même cité, riche et industrieuse, où une bourgeoisie importante prospérait dès la fin du XIIe siècle. Le sujet de cette pièce est emprunté à la Parabole de l'enfant prodigue ; les noms qu'elle utilise l'enracinent dans le sol artésien. Scènes de taverne, transposition réaliste d'un sujet religieux : *Courtois* va plus loin que le *Jeu de saint Nicolas,* en faisant disparaître la transcendance derrière la pure et simple morale. Les caractères sont fermement dessinés (Manchevaire, Pourrette), une grande attention est portée aux détails de la vie matérielle : la laïcisation du théâtre est commencée.

II. — **Des genres moraux à la satire sociale**

L'évolution du théâtre permet de juger de l'importance de l'évolution qui s'est produite au tournant du siècle. On la retrouve dans des œuvres franchement normatives ou critiques.

1. **Les « Estats du Monde ».** — Ce sont des ouvrages qui examinent tous les « états » de la société, c'est-à-dire, le plus souvent, les trois ordres. C'est en général le clergé qui est fustigé le plus profondément. Certaines de ces œuvres sont plus proches de la lamentation que

de la satire, d'autres, comme les *États* de Jean de Condé, constituent plutôt un enseignement. Le *Livre des manières* d'Étienne de Fougères est un des premiers témoignages du genre.

Il veut donner la position de l'Église sur les problèmes politiques et sociaux de l'époque; l'idéal féodal y est déprécié, tandis que l'auteur montre de la sympathie pour les humbles (qui doivent accepter leur sort). Sont passés en revue les rois, le clergé, les chevaliers, les paysans, puis les bourgeois et les femmes. La strophe centrale du poème reprend la tripartition traditionnelle d'Adalbéron de Laon *(oratores, bellatores, laboratores)*. Aux rois, Étienne rappelle les devoirs de justice et de maintien de la paix, la vanité des gloires terrestres, la fragilité du pouvoir et de la vie; le roi doit être un exemple de vertu, se dévouer au bien commun et aimer la sainte Église. Aux chevaliers, il reproche d'avoir oublié leur rôle de défenseurs des opprimés et d'exploiter les humbles; la chevalerie, corrompue, doit se souvenir qu'elle constitue un ordre chrétien (à qui a été remis le glaive temporel pour abattre les malfaiteurs: le glaive spirituel, l'excommunication, ayant été remis aux clercs). Quant au clergé, ses torts et ses devoirs sont longuement examinés (concubinage, simonie sévissant à tous les niveaux de la hiérarchie).

Étienne de Fougères condamne surtout le désir de conquête et l'ambition. Il s'intéresse plus aux obligations qui lient le seigneur à ses serfs qu'à celles, proprement féodales, qu'il entretient avec son suzerain. Il cherche à détruire la morale aristocratique de l'indépendance en astreignant la noblesse à des devoirs « sociaux » plus grands et au service de l'Église. Le spirituel l'emporte sur le temporel. Peut-être est-ce là une tentative, après le meurtre de Thomas Becket, pour réconcilier les valeurs spirituelles et les nécessités pratiques de la politique.

Les *Vers* de Thibaut de Marly, un peu postérieurs, sont d'un autre style.

Dans chaque ensemble, l'atmosphère du Jugement imprègne la revue de la société: la tentation du monde est partout victorieuse, le monde est mauvais et les pécheurs doivent venir à Dieu s'ils veulent échapper aux peines infernales (qui sont décrites après chaque « revue »). Les désignations sociales sont rares (Thibaut parle des riches en général), Dieu, l'âme et le diable sont les principaux acteurs. Au prologue sur l'origine du monde correspond un épilogue sur la fin du monde (résurrection des morts, Parousie, après le règne de l'antéchrist).

La *Bible Guiot* (début XIIIe siècle) consacre un tiers de ses développements aux laïcs (princes félons, avares et dégénérés : largesse est morte), le reste au clergé (tous les ordres monastiques). A travers les critiques se laisse deviner un tempérament désabusé, mais relativement épicurien. La *Bible au seigneur de Berzé* joue sur les thèmes du monde à l'envers et de la *laudatio temporis acti.* L'œuvre veut inciter chacun à renoncer au péché. Le *Besant de Dieu* de Guillaume le Clerc est une œuvre littéraire : même si elle est mal construite et d'une versification plutôt faible, son réalisme et son utilisation heureuse des figures de style (antithèses, anaphores) la distinguent des précédentes.

Son propos est d'enseigner le mépris du monde : aussi Guillaume ajoute-t-il aux fautes des milieux sociaux les faiblesses humaines et les misères physiologiques. Il utilise abondamment les thèmes de la littérature morale et ses allégories. A plusieurs reprises il prêche la croisade, remède contre les guerres seigneuriales et contre la décadence de la chrétienté (1217).

Le Reclus de Molliens a écrit deux textes de cette nature : un *Miserere,* poème moralisant sur le Mal, où apparaît une justification des trois ordres, et le *Roman de Carité :* à la recherche de Carité, l'auteur ne l'a trouvée nulle part. Il en profite pour dresser un réquisitoire contre les sociétés contemporaines, et particulièrement contre la société française. La symbolique joue un grand rôle dans son analyse des fonctions : pour les chevaliers, symbolisme de l'épée ; pour les rois, celui des insignes, dont l'interprétation renvoie à des qualités non pas théologiques, mais matérielles et sensibles. Peut-être cette analyse laïque est-elle un sûr moyen de soumettre les rois au pouvoir spirituel, nécessairement supérieur. Enfin, avec Rutebeuf, le genre devient franchement satirique : chacun, à présent, recherche son profit, « devient oisel de proie » ; chez les princes, largesse et charité sont mortes depuis longtemps. Ces œuvres *(Dit de l'estat du monde, Plaies du monde)* se recommandent par un sens très vif de l'ironie, dont le mordant est assez féroce.

Tels sont les textes les plus importants. Il y en a bien d'autres, du XIIe au XIVe siècle. *Roman des romans, Contenz du monde* de Renaud d'Andon, *Proverbes au vilain*, etc. Le sens critique est encore bien souvent subordonné à la sensibilité religieuse et à la conception chrétienne du monde. Le genre, lui-même figé, ne suit pas l'évolution sociale et se reproduit en vase clos.

2. **Les Fabliaux.** — Ici, la satire sociale s'est dégagée des cadres religieux. Le genre existe dès le XIIe siècle, il disparait après le premier tiers du XIVe siècle. Chaque pièce (conte comique en vers) est courte (300 à 600 vers), en octosyllabes.

On ne sait si ces textes étaient considérés comme ressortissant à un genre unique : le mot « fabliau » avait un sens mal fixé, et les fabliaux se qualifient parfois eux-mêmes de « conte » ou d'« aventure ». Certains ont une moralité, d'autres non : on ne sait quelle est la formule la plus ancienne (O. Jodogne n'a pas pleinement démontré que la moralité est un trait archaïque). Le fabliau est tantôt un récit comique, tantôt un conte exemplaire. Mais le rire est généralement présent. Le comique est lié à l'intrigue : thème du cadavre embarrassant, du mari déguisé, etc. (selon P. Nykrog, il y aurait 50 thèmes ; selon Ph. Ménard, il n'y en aurait qu'une vingtaine, avec des variantes). Le comique n'apparaît souvent qu'à la fin, le rire et l'action convergent au dénouement. Les situations se ramènent à des schémas simples (des voleurs, volés ou non, des situations triangulaires, etc.). Les fabliaux utilisent tous les personnages qui apparaissent dans les États du monde, et l'image qu'ils en donnent n'est pas très différente : prêtres paillards, femmes rusées et peu scrupuleuses, multiples complices ; mais le ton est très différent : ici, on semble se complaire dans les situations les plus dangereuses pour le salut (ainsi dans les *Trois bossus ménestrels,* où une femme a besoin de beaucoup de ruse pour faire disparaître trois cadavres, avant qu'une méprise de son serviteur n'expédie *ad patres* le mari, lui-même bossu, pour la plus grande joie de la dame). Certains fabliaux dépassent les limites de la grivoiserie et donnent dans la farce grossière ou scatologique. Le réalisme est sans doute le caractère dominant de cette littérature, par ailleurs variée.

Les *ysopets,* fables animalières le plus souvent, à la manière d'Ésope, sont considérés comme des fabliaux lorsqu'ils sont suffisamment longs (*Le loup et l'oie* de Jean Bodel, *Le prêtre et le loup,* et quelques autres). La *Housse partie, De Dieu et du pécheur* sont des œuvres moralisantes ou philosophiques. Le *Lai d'Aristote,* qui renvoie à l'Antiquité, appartient au fabliau par son caractère satirique et sa bonne humeur. Il existe enfin un fabliau courtois *(Des trois chevaliers et du chainse).* Mais la grande majorité se veut soit purement comique (le *Vilain mire,* les *Trois aveugles de Compiègne*), soit satirique (surtout *Constant du Hamel,* dont l'esprit est proche de celui d'une jacquerie). Le fabliau n'est qu'exceptionnellement subversif: les vilains sont plus durement égratignés que le clergé, l'ordre établi est le cadre nécessaire de cette comédie.

Ainsi se pose le problème de l'origine sociale des fabliaux. J. Bédier pensait qu'ils étaient nés « dans la classe bourgeoise, pour elle et par elle », tout en reconnaissant que « les publics les plus aristocratiques se plaisent aux plus grossiers fabliaux ». P. Nykrog, constatant que les fabliaux réservent la plupart de leurs coups à la bourgeoisie, aux vilains et aux clercs, penche pour une origine aristocratique: la noblesse contemplerait la distance qui la sépare du reste de la société. La diffusion orale de ces pièces laisse supposer qu'elles s'adressaient à un public très mêlé. Autre problème non résolu : celui des origines du genre. La thèse orientale de G. Paris (rapprochements avec le *Pant-*

chatantra) est abandonnée depuis J. Bédier : elle ne pourrait guère expliquer plus d'une dizaine de contes. On trouve, dans la littérature antique, bon nombre de schémas des fabliaux (Ésope, *Métamorphoses* d'Apulée ; etc.). En fait, les manuscrits sont trop tardifs pour que l'on puisse résoudre le problème : il est pratiquement impossible de caractériser les versions originales et d'établir une chronologie serrée. Peut-être les originaux étaient-ils d'un haut niveau littéraire, les versions secondes correspondant à une phase de vulgarisation. Toujours selon Nykrog, appuyé par Rychner, le fabliau serait originellement « un burlesque courtois, digne du travail de l'écrivain et destiné au même public que la littérature courtoise ». Le genre est si divers que l'on peut admettre des origines multiples : Rychner, qui admet la thèse pour les fabliaux burlesques, la récuse pour les autres.

3. **Le « Roman de Renart ».** — C'est un ensemble d'épisodes *(branches)* plus ou moins indépendants, où domine le thème du conflit qui oppose le goupil Renart au loup Ysengrin. Les branches sont souvent anonymes ; trois noms nous sont parvenus : ceux de Pierre de Saint-Cloud, de Richard de Lison et du prêtre de La Croix-en-Brie. On distingue 26 ou 28 branches (si l'on considère les branches I *a* et I *b* comme des poèmes indépendants). La numérotation n'est d'ailleurs pas chronologique : les branches les plus anciennes sont II et V *a* ; on y trouve déjà le thème de la guerre féodale (Renart et Ysengrin), mais les héros conservent une forte apparence animale. Ces premiers épisodes appellent des développements indéfinis. Peu à peu, le ton se transforme : la branche XI, qui retrace une croisade du lion Noble (le roi) contre les scorpions et les chameaux, est une épopée burlesque ; la branche XXIII (Renart s'initie à la nigromance sarra-

sine) exploite le goût pour l'exotisme et le merveilleux ; dans la branche XXIV *(Enfances Renart),* Renart est présenté comme une œuvre d'Ève, donc diabolique. La branche I s'efforce d'organiser les aventures autour de la cour de Noble (elle est postérieure à II et V *a*, qui datent des environs de 1170). La branche XVII présente un monde à l'envers : Renart, le rusé, battu aux échecs par Ysengrin, est cloué sur l'échiquier (parodie d'oraison funèbre, etc.). L'évolution du « cycle » est nette : au début, ce sont de petits contes agréables et vifs, destinés à provoquer le rire (Renart et le corbeau) ; ensuite se développe l'esprit satirique, enfin le conte devient moralisant et allégorique. Renart, symbole du Mal, est immobilisé au sommet de la Roue de Fortune (*Renart le nouvel,* fin XIIIe siècle). Certes, l'esprit satirique est présent dès les premières branches : mais le comique disparaît peu à peu, remplacé par le didactisme moralisateur.

Comme dans l'*Ysengrimus* de Nivard (vers 1149), la société animale est à l'image de celle des hommes : guerre féodale de Renart et d'Ysengrin, à laquelle Noble ne peut rien (c'est le problème de la paix dans une société anarchique : cf. les chansons de geste) ; thème de l'usurpation du trône (branche XI), de la croisade *(ibid.),* des conseillers du roi (problème de l'ascension des fils de vilains), de la justice (duel judiciaire, rôle de Noble, etc.). Mais, du moins avant 1200, les auteurs n'oublient pas qu'ils peignent des animaux : à la matière épique s'adjoint une matière rurale et une certaine psychologie animale.

Quel fut donc le point de départ ? J. Grimm (époque romantique) pensait que Renart (comme la chanson de geste) avait une origine populaire et germanique. P. Paris substitua à cette thèse la théorie ésopique (les fables latines du haut Moyen Age servant d'intermédiaires) ; L. Sudre dénie tout mérite au trouvère médiéval, qui selon lui (1893) puise dans un folklore déjà constitué sans même en étoffer les inventions. G. Paris, plutôt folkloriste, refuse de considérer le trouvère comme un médiocre créateur. Enfin L. Foulet retourne la proposition : Renart sort des livres, mais il a été écrit pour la foule, qui en a fait le succès. Les branches sont des œuvres de clercs ; si leur origine et leur esprit semblent très variés, c'est le simple reflet de la diversité d'origine des clercs. La matière est médiévale, mais le cadre est hérité de l'Antiquité. Ce sont l'*Ecbasis captivi* la *Disciplina clericulis* de Pierre Alfonse, le *De lupo et sacerdote* du XIe siècle qui ont joué le rôle déterminant, avec l'Ysengrimus. La parodie des motifs et des procédés de la chanson de geste et du roman confirme l'hypothèse savante ; seuls quelques épisodes proviennent indubitablement de contes oraux et du folklore. Le succès de ce « cycle », en France comme à l'étranger (*Reinhart Fuchs* alsacien, *Reinaert de Vos* flamand, etc.) explique les ramifications qu'ont subies les originaux savants, la petite chevalerie y a introduit ses propres problèmes, tandis que la verve animale suscitait l'enthousiasme populaire ; c'est pourquoi on trouve de plus en plus la marque des querelles et des problèmes politiques, sociaux et religieux.

4. La naissance du genre historique.

A) *Initialement,* l'épopée et l'hagiographie développaient seules une matière historique. A l'occasion des croisades un genre bâtard apparaît : celui de la chanson de croisade, où des récits de type historique sont coulés dans le moule de l'épopée *(Chétifs, Chanson d'Antioche)*. L'*Historia Hierosolymitana* de Baudri de Bourgueil est traduite en français, et mise en laisses monorimes. C'est en Angleterre que naît le genre historique en langue vulgaire : l'*Estoire des Engleis* de Geoffroy Gaimar, le *Roman de Brut* de Wace (adapté de l'œuvre latine de Geoffroy de Monmouth) puis son *Roman de Rou* inachevé auquel fait suite, à la demande d'Henri II, la *Chronique des ducs de Normandie* (43 000 octosyllabes) de Benoît de Sainte-Maure. A la fin du XIIe siècle, des chroniques comme celle de Jordan Fantosme retracent les luttes des Anglais avec leurs voisins insulaires. Le genre prend vraiment son essor avec la quatrième croisade.

B) *Villehardouin et Robert de Clari.* — Le premier, maréchal de Champagne puis de Romanie, est un des chefs de l'expédition ; le second est un simple combattant, qui a connu l'émerveillement des foules devant les splendeurs de Constantinople, le sentiment vécu de l'intrusion du surnaturel dans l'épopée que les pèlerins allaient vivre. Attente de justice, opposition aux riches, sensibilité eschatologique d'un côté, justification de la déviation vers Constantinople de l'autre.

Selon Villehardouin, le manque d'argent est la cause de tous les malheurs (il a obligé les Croisés à suivre les Vénitiens) ; mais on peut distinguer, derrière les prétextes, les ambitions de Philippe de Souabe ou de Boniface de Montferrat. Des temps forts et des idées maîtresses ponctuent l'œuvre : rassemblement à Venise, prise de Zara malgré l'excommunication du pape, émerveillement devant Constantinople et prise de la ville ; goût de la conquête, choix chevaleresque de la voie du plus grand péril, admiration pour le doge Henri Dandolo, symbole des vertus chevaleresques. Pour Villehardouin, l'aventure l'emporte déjà sur la croisade. Puis la noirceur des Grecs (orgueil, trahison, manque de parole) rend inévitable l'enlisement et les premiers revers, que Villehardouin attribue aux péchés des individus qui n'ont pas su résister à l'attrait des richesses (alors que Clari y voit la conséquence de ce péché qu'est la déviation de la croisade). Au milieu des désastres et du ravage de la Romanie, Villehardouin insiste sur le caractère exemplaire des croisés, aventureux et loyaux, mais complètement dépassés par la situation.

Cette chronique n'est pas gratuite. Villehardouin combat la thèse selon laquelle les échecs des Croisés seraient l'effet de la vengeance divine. Il s'applique à montrer comment des faits imprévisibles ont déterminé une évolution inéluctable. Les discours, nombreux, souvent au style direct, servent d'instrument à l'analyse ; l'historien utilise aussi des procédés épiques (appel au lecteur, récapitulation, répétition de formules semblables), rectifie par des nuances une apparente sécheresse logique, recourt au procédé de l'entrelacement (épisode du partage du butin). La comparaison avec Clari, plus prolixe, montre que Villehardouin recherche le détail auquel il confère une valeur symbolique. Avec lui, la chronique acquiert la dignité d'un grand genre littéraire.

C) *Le développement des chroniques en français.* — Il correspond aux règnes de Philippe Auguste et de Saint Louis. Ces chroniques sont souvent traduites du latin : *Chronique abrégée* ou *Chanson des rois de France,* que Guillaume de Nangis a écrite en latin puis traduite lui-même ; traduction de la *Philippide* de Guillaume le Breton ; traductions diverses du *Pseudo-Turpin* ; à la fin du XIIIe siècle, *Grandes chroniques de France,* inspirées par Saint Louis (qui voulait faire connaître au grand public les événements de notre histoire ; leurs auteurs ne s'éloignent guère des textes latins dont ils s'inspirent : chroniques latines de Rigord, Primat ou Guillaume de Nangis) : style clérical et esprit traditionnel. La *Chronique* de l'Anonyme de Béthune (début XIIIe siècle) commence par la ruine de Troie, poursuit jusqu'à Charlemagne et ses successeurs avant de traiter du règne de Philippe Auguste (ici, la ressemblance avec la *Chronique des ducs de Normandie* a fait supposer une identité d'auteur). La *Chronique rimée* de Philippe Mousket reprend aussi la tradition (latine) des chroniques universelles : origines troyennes de la royauté française, récit sans originalité des règnes mérovingiens, longue imitation du *Pseudo-Turpin* pour le règne de Charlemagne (10 000 vers), relation des règnes capétiens proche de celle des *Grandes chroniques* : on retiendra surtout un penchant pour les reliques que les rois se sont procurées pour les distribuer généreusement aux abbayes.

L'*Histoire ancienne avant César* et les *Faits des Romains,* qui lui font suite, sont indépendants. La première faisait partie d'un projet plus ambitieux mais interrompu (histoire universelle) ; l'information, malgré un certain sens critique, reste faible (elle provient d'Orose). La seconde s'inspire directement du *De bello gallico* et recoupe partiellement la première ; là aussi, le projet était plus vaste (les douze Césars). On suppose que l'auteur de l'*Histoire ancienne* a abandonné son travail lorsqu'il a appris l'existence des *Faits* (vers 1213). L'*Histoire ancienne* utilise, par ailleurs, les romans antiques en en contaminant parfois la matière (romans de *Thèbes,* de *Troie,* d'*Alexandre,* d'*Énéas*) : preuve que la littérature romanesque était considérée comme une source historique.

Conclusion. — Vers 1250, tandis que le développement des villes et des universités suscite un nouveau public potentiel, un autre type d'écrivain, ou plutôt de créateur, apparaît, plus attiré par les genres historiques ou satiriques. Naissance et succès d'une littérature d'actualité, dont Rutebeuf sera l'un des meilleurs représentants.

DEUXIÈME PARTIE

APRÈS 1250

Chapitre V

1250-1330 : UN AGE DE TRANSITIONS

I. — 1250-1280 : l'époque de Saint Louis et de Rutebeuf

1. Le contexte.

A) *Saint Louis* (1236-1270) et *Philippe III le Hardi* (1270-1285) représentent l'apogée de la monarchie féodale centralisée, qui va laisser la place à la monarchie-État de Philippe le Bel. Ce monde qui va évoluer connaît sa dernière splendeur dans les croisades de 1248-1254 et 1270, ultime expédition de la chrétienté en Orient. L'évolution politique se dessine avec l'apparition d'un parlement indépendant, dégagé de la « Curia regis ».

B) *Le « gothique rayonnant »*. — L'essor du nouveau style touche à sa fin (on a construit plus de 500 églises en France entre 1170 et 1270), et l'architecture tend vers une élégance abstraite et froide (élévation des supports, évidement des murs, prédilection pour les formes géométriques).

C) *Déclin de l'influence française.* — Tandis que Constantinople est reprise par les Grecs (1261), les nations périphériques montent, et les Universités étrangères concurrencent celle de Paris (Oxford en 1270). On sent déjà le déplacement du centre de la culture occidentale vers l'Italie.

D) *Raison et expérience : la crise du thomisme.* — Au moment où la construction thomiste semble avoir réglé les problèmes de la foi et de la raison, l'averroïsme, avec sa spéculation indépendante à l'égard du dogme, la remet en question.

A la synthèse logicielle de Paris, le « nouvel Aristote », inspiré d'Averroès, transmis par l'École de Salerne, oppose ses velléités scientifiques, et ouvre à la connaissance des domaines dégagés de la tutelle ecclésiastique (Raymond Lulle, Bacon) Avec Siger de Brabant et Boèce de Dacie, les maîtres ès arts concluent que la vraie doctrine d'Aristote est celle d'Averroès.

Ce mouvement, animé surtout par les pauvres clercs et le peuple des villes, est bientôt condamné, pour des propositions peu compatibles avec l'orthodoxie (1270 : négation du libre arbitre, négation de l'intervention de la Providence pour l'âme individuelle, affirmation du déterminisme astrologique, de l'éternité du monde, de la mortalité de l'âme). En 1277 la bulle de Jean XXI contre le naturalisme englobe dans son anathème les thèses essentielles de l'averroïsme.

E) *L'avènement du monde de l'argent.* — L'importance croissante de la circulation monétaire fait de la bourgeoisie une classe en plein développement, qui, par le commerce, possède les liquidités, achète les terres et ne tarde pas à accéder au pouvoir municipal puis central, tandis que la noblesse, vivant de la propriété foncière, voit ses dépenses augmenter sans que sa richesse suive cette évolution, et entre dans une crise que le siècle suivant rendra sévère, mais sans entamer son goût pour le faste (dettes, aliénation des terres).

F) *Les changements d'orientation de la littérature.* — En même temps que la spéculation s'ouvre à la nature, la tendance au réalisme et à la satire se confirme après 1240 ; le théâtre se détache de ses origines sacrées, et Rutebeuf instaure en poésie un courant personnel et critique, qui n'est pas sans rapport avec les tentatives de démystification du *Roman de la Rose* de Jean de Meun.

2. **Déclin des sources d'inspiration de la littérature de l'âge féodal.**

A) *La crise de la littérature épique.* — Le public des chansons de geste disparaît, en même temps que son arrière-plan historique (féodalité, croisade). La vieille forme épique est périmée : on n'écoute plus le jongleur chanter, on lit des remaniements où triomphe l'alexandrin, précurseur de la prose. Les manières et les dialogues sont imprégnés de raffinement courtois : la femme et l'amour jouent un rôle accru ; l'appel du bonheur y devient aussi sensible que celui de l'honneur. Après 1260, l'épopée se rapproche de plus en plus du roman ; le merveilleux l'emporte sur la prouesse : personnages comme le nain Obéron, né de la fée, sœur du roi Arthur, dans *Huon de Bordeaux* (qui allie la matière épique et la matière romanesque bretonne dans le récit d'un voyage en Orient), le Basin de *Jean de Lanson,* le Maugis de *Renaut de Montauban.* L'élégance dissipe les traces de sauvagerie ; le prestige de la conversation éclipse celui du muscle. La forme du vers évolue : la rime se substitue à l'assonance. Les différences entre les genres s'estompent :

Philippe Mousket, en 1260, rassemble dans une *Chronique rimée* les légendes sur Charlemagne, et Girart d'Amiens en fera, en 1300, un roman de 23 000 alexandrins. Les reprises pratiquent la surenchère de l'aventure, multipliant les épisodes, allongeant les versions. Dans les *Enfances Renier,* les personnages de la première croisade vivent des péripéties dignes de n'importe quel roman (Renier est enlevé, vendu à un seigneur sarrazin, vit mainte aventure pour retrouver ses parents, puis épouse la fille de son maître).

Un nom émerge de ces productions : Adenet le Roi, ménestrel du duc de Brabant, artiste du vers, qui a laissé un *Beuve de Comarchis* (1270), des *Enfances Ogier* (apr. 1273) où le farouche héros est bien humanisé, où Gloriande tient une place d'héroïne de roman ; une *Chevalerie Ogier* ; et surtout *Berte aux grands pieds* (1275), œuvre d'un romancier libéré des conventions épiques.

B) *Le maniérisme allégorique.* — La tradition de l'allégorie d'amour, issue du *Roman de la Rose,* nous donne de nombreuses œuvres de grande virtuosité technique, qui développent à l'infini les motifs et les métaphores déjà conventionnelles, autour de la figure du Dieu et de ses parèdres : le *Dit de la puissance d'amour* (Hue Archevesque), le *Salut d'amour* et le *Conte d'amour* de Philippe de Rémi, sire de Beaumanoir ; l'*Arbre d'amour* et le *Roman du vergier et de l'arbre d'amour,* recourent aux procédés de l'allégorie énumérative (le jardin où croît l'arbre, dont les racines sont Beauté, Largesse, Prouesse, Courtoisie).

La *Vraie médecine d'amour* de Bernier de Chartres reprend le thème de la blessure d'amour, guérie par le baume de « fin désirer, pensée jolie, bonne volonté », fabriqué dans le mortier de Cœur. Dans la *Cour d'amour* de Mahieu le Poirier, on trouve un véritable procès, mêlé à des combats de personnifications où interviennent des personnages « réels » (roi de Frise). *Bien est raison et droiture* comme la *Prison d'amour* de Baudoin de Condé se construisent sur l'image du bâtiment dont les parties et les occupants symbolisent vices et vertus.

Mais le filon le plus riche est celui qui coule les éléments empruntés aux *Bestiaires* dans le moule d'un « art d'aimer » :

Le *Dit du cerf amoureux* (les phases de la chasse représentent les étapes de l'amour ; le cerf est la dame, ses ramures sont les qualités courtoises), le *Bestiaire d'amour rimé* de Richard de Fournival (1256 ?), qui regroupe 57 exemples dans un « salut d'amour », et ordonne les animaux selon une casuistique amoureuse dont le centre est la femme-loup ; la *Complainte d'amour,* véritable répertoire des motifs traditionnels ; et surtout, le *Dit de la panthère d'amour* de Nicole de Margival.

Une seule œuvre s'élève au-dessus de la monotonie de cette production : le *Roman de la poire* de Messire Thibaut, qui joue sur l'ambiguïté entre allégorie et réalité, le flou entre l'aventure vécue et le rêve (épisode du poirier sous lequel la dame lui offre le fruit, comme dans le *Voir Dit* de Machaut). Les thèmes courtois disparaissent sous l'élaboration métaphorique, et deviennent des jeux du langage, tels que nous les verrons chez Charles d'Orléans.

C) *Les avatars du roman.* — La période créatrice se termine, et l'on vit sur des recettes éprouvées. Philippe de Beaumanoir écrit vers 1270 sa *Manekine* (thème de la fille sans mains, du père incestueux) et *Jehan et Blonde,* qu'il emprunte aux folklores locaux de son pays. Dans *Cléomadès,* Adenet va prendre en Espagne un sujet de source indienne transmis par les Arabes. La *Dame à la licorne* accumule les péripéties de l'amour chaste et du combat, pousse jusqu'à l'invraisemblance les prouesses du héros, et annonce, par son goût des emblèmes, l'esthétique et l'imaginaire aristocratique de la fin du Moyen Age. La *Chevalerie Judas Macabé,* vers 1285, alterne récits de batailles et descriptions de « natures » d'animaux, constituant ainsi un genre intermédiaire entre roman et épopée. Girart d'Amiens, vers 1280, raconte en 16 000 vers les amours de Keu et Andrinette, dans *Escanor,* et dans *Méliacin,* l'histoire fantastique d'un cheval d'ébène volant.

Une mention particulière doit être faite pour deux œuvres : le *Châtelain de Coucy* de Jakemon, qui allie la clarté de la narration à l'analyse psychologique (la jalousie), bien que l'intrigue reste étrange (motif de l'envoi du cœur à la dame, par Renaud de Coucy qui meurt en croisade ; le mari de l'aimée le lui fait manger, ce dont elle meurt) ; et surtout, la *Châtelaine* de *Vergi,* « nouvelle » de 950 vers, qui reprend, avec un sens dramatique prononcé, l'anecdote de Joseph et Putiphar (une dame accorde son amour à un chevalier ; la duchesse de Bourgogne, voyant ses avances repoussées, en est jalouse, et fait chasser le chevalier ; celui-ci et sa dame meurent, par la vengeance de la duchesse).

3. **Permanence de l'intérêt pour la littérature morale, didactique et satirique.** — Dans ce domaine, il est difficile de tracer des limites nettes entre les genres : toutes sont, d'une façon ou d'une autre, morales ou religieuses.

A) *La moralisation.* — Les méthodes de l'exégèse allégorique gardent leur vogue. Tandis que la veine des *Bestiaires* s'épuise après le *Bestiaire de Cambrai* (1260), et que l'on ne voit plus que des compilations de *Lapidaires,* l'allégorie d'interprétation s'occupe, dans la ligne de Guillaume de Conches, des fables antiques, avec l'*Ovide moralisé* (vers 1300). Tout est prétexte à ce jeu : même les échecs seront moralisés au début du XIVe siècle (av. 1337) par Jacques de Cessoles, dans son *Liber de moribus,* reprise du *Communiloquium* de Jean de Galles (1260).

B) *Le « dit » allégorique.* — La littérature morale et religieuse adopte, dans la deuxième moitié du XIIIe siècle, la forme allégorique comme moyen d'exposition favori. Pour l'expression d'un enseignement souvent banal (les dangers du péché, la vanité de l'ambition, la pratique des vertus), plusieurs procédés sont utilisés :

a) La description, l'énumération des « parties » d'un objet, chacune correspondant à une notion abstraite qui découle de l'idée principale figurée par cet objet.

Ainsi, le *Dit de l'épée* de Jacques de Baisieux, qui interprète l'équipement du chevalier, ou son *Dit des cinq lettres de Marie.* Le *Dit de la lampe* (vers 1295) détaille la lampe du sanctuaire en trois éléments représentant *Entendement, Retenance, Mise en œuvre.* L'image de l'arbre, avec ses racines et ses branches, offre une solution de facilité, exploitée aussi bien pour l'« arbre d'amour » que pour les arbres des vices et des vertus, du *Dit des sept serpents* de Robert de l'Oulme (1266), ou de la *Somme le Roi* de frère Laurent (1280).

b) Développement d'un thème religieux venu de l'Écriture ou des sermons : *Le Chevalier de Dieu,* le *Mariage des neuf filles du diable* de Robert Grosseteste (après 1256 : les filles du diable sont les vices, qui « épousent » chacun un « état », une classe sociale).

c) Évocation du règne d'une personnification, qui domine l'univers : vers 1278, avec la pendaison de Pierre de Broce, Fortune connaît une grande faveur, dans de nombreux poèmes sur la vanité des gloires de ce monde ; *Complainte de Pierre de Broce, Dit de la Fortune* de Moniot de Paris, *Débat de Pierre de Broce qui dispute à Fortune par devant Raison, Roue de Fortune.* Avec une autre thématique, mais un procédé identique, nous avons le *Dit de dame Guile* (la ruse) et le *Dit de dan Denier* (règne de l'argent).

d) Récit, allégorie dramatique, sur le schéma de la bataille (le *Songe du castel* : château attaqué par sept rois, qui sont les péchés, menés par Mort) ou du voyage dans l'au-delà, au cours duquel le pèlerin rencontre diverses personnifications et visite des lieux qui figurent les étapes du salut ou de la perdition. Le plus célèbre est la *Voie de Paradis* de Rutebeuf (1265) ; ce titre est aussi celui d'une œuvre de Baudouin de Condé (entre 1250-1280) qui nous conduit vers Satisfaction, par le motif du carrefour et de l'auberge de Pénitence (où l'Abstinence nourrit les passants de proverbes...). Le *Tournoiement d'enfer* de Jean de Blois (?) reprend un thème bien connu : le tournoi entre les armées du paradis et de l'enfer, où s'opposent par paires les vices et les vertus ; Rutebeuf l'utilise de manière satirique dans sa *Bataille des vices contre les vertus* (1262-1270).

e) Le débat *(altercatio)*, forme affaiblie de la bataille. Il confronte le corps et l'âme *(Desputoison du corps et de l'âme)*, l'Ancien et le Nouveau Testament (*Desputoison de la Synagogue et de sainte Église* de Clopin), un vice et une vertu (la largesse et l'avarice dans le *Dit de la mort de Largesse* de Hue Archevesque, av. 1263), ou des animaux (*Dit de Triacle et de Venin* : Triacle représente la panacée, la synthèse de toutes les vertus – là-dessus se greffe une satire des « états »).

f) La parabole, intermédiaire entre l'allégorie et la moralisation, où une courte anecdote est suivie de son interprétation. Ainsi, le *Dit du vrai anneau* (1270-1285), variation sur un thème souvent exploité[1], et le *Dit du roi qui racheta le larron* (par une rançon de trois pièces : confession, repentance, pénitence).

C) *Œuvres à tendance morale et religieuse.* — Elles comportent des passages allégoriques, mais cette technique n'est pas leur base. Les *Distiques de Caton* sont traduits par Jean du Chastelet et Adam de Suel dès 1280 ; le poème moral d'Alard de Cambrai *(Livre de philosophie et de moralité)* appartient à la même tendance, la transmission de la sagesse antique. Source intarissable et monotone d'écrits sans originalité, les vices et les vertus inspirent la *Somme des vices et des ver-*

1. Anecdote (un noble a trois fils et un anneau, dont il fait faire deux copies) et « moralité » (le noble est Dieu, ses trois fils sont les trois peuples arabe, juif et chrétien, les anneaux sont les religions).

tus de Lorens (1279), le *Manuel des péchés* de Guillaume de Wadington (1300). Robert le Clerc, dans ses *Vers de la mort* (1260), appelle ses contemporains à la croisade et se réfère à une tradition qui aura beaucoup de succès au XIVe et au XVe siècle : la rencontre avec la mort, traitée par Baudouin de Condé dans le *Dit des trois morts et des trois vifs.* Ce dernier a composé, entre 1240 et 1280 une vingtaine de poèmes moraux[1]. Les *Quatre âges de l'homme,* traité à tendance pédagogique de Philippe de Novarre, antérieur à 1260, tracent le portrait parfait du chevalier et de la dame aux quatre périodes de la vie. Jean de Journy, en 1288, rédige la *Dîme de pénitence,* où il représente Dieu comme une fontaine lavant toute souillure, mais aussi le combat de la chair et de l'esprit, les vices et vertus, les trois ennemis de l'homme, rassemblant ainsi tous les motifs qui sont dispersés dans les « dits » allégoriques.

D) *L'inspiration didactique*[2]. — La deuxième moitié du XIIIe siècle voit une recrudescence du goût de la vulgarisation. C'est l'époque des *Sommes, Trésors* et *Miroirs* (cf. Gossuin de Metz, 1248, Vincent de Beauvais, *Speculum mundi,* 1254), témoins d'une orientation vers une connaissance rationnelle et libre de l'homme et du monde, qui recueillent le bric-à-brac de toutes les connaissances, objectives ou fantaisistes, du temps. De même le *Livre de Sidrac, Placides et Timeo,* et, de Brunetto Latini, le *Livre du trésor* (1265) se sert du voyage dans l'au-delà pour cadre d'une véritable encyclopédie. Les manuels d'éducation pullulent : les « enseigne-

1. *Li vers de droit, Li contes dou pellican, Li contes de l'aver, Li contes d'envie.*

2. Philosophie théorique (théologie, physique, mathématiques qui comprennent l'arithmétique, la musique, la géométrie et l'astronomie) et pratique (éthique, économie, politique recouvrant la grammaire, la dialectique et la rhétorique).

ments » répandent une sagesse mondaine, celle des « bonnes mœurs » (*Enseignement des princes,* av. 1260, et *Chastoiement des dames* de Robert de Blois ; *Dou père qui son fils enseigne,* av. 1267). Les codes du bel amour ne sont pas morts : en 1290, Drouart la Vache traduit le *De amore* d'André le Chapelain. Mais on voit naître aussi des ouvrages d'esprit plus scientigique, dégagés des influences morales et religieuses : astrologie *(Astrologie* de Bernard de Verdun, qui se distingue par sa rigueur), géographie *(Mappemondes),* médecine (*Régime du corps* par Aldebrandin de Sienne en 1256, *Chirurgie* par Henri de Mondeville), droit (*Coutumes du Beauvaisis* par Philippe de Beaumanoir).

E) *La satire.* — Les progrès de l'esprit laïc et du réalisme « bourgeois » vont de pair avec le goût de la satire sous toutes ses formes, qu'elle s'en prenne à la mode (*Du singe* de Jean de Condé), à la société (*Bible des sept états du monde* de Geoffroy de Paris, où défilent les cibles traditionnelles de la raillerie : femmes, moines corrompus, médecins ignorants), à la justice (*Contenz dou monde* de Renaud d'Andon, sur les mœurs judiciaires à Orléans : juges vénaux, avocats ignares et cupides), à des phénomènes religieux (*Disputatio mundi et religionis* de Gui de la Marche : griefs éternels contre les réguliers), voire politiques (Rutebeuf, Philippe de Novarre, ou la *Paix au Anglois* écrite en 1264 contre Henri III d'Angleterre). Parfois, l'allégorie entraîne la satire dans un véritable carnaval, comme dans la burlesque *Bataille de Carême et de Carnage,* polémique contre la réglementation du jeûne, parodie de la chanson de geste et de la *psychomachia* de la fin du siècle.

4. **Les courants de la rénovation.** — Les forces du renouveau, ce sont le naturalisme de Jean de Meun, et l'individualisme frondeur de Rutebeuf, symboles de

l'attitude critique du clerc qui oppose un sens neuf de la réalité à la sclérose des traditions.

A) *Jean de Meun,* clerc traducteur de Végèce *(De re militari),* de Boèce *(De consolatione)* et des lettres d'Héloïse et Abélard, écrit entre 1275 et 1280 la deuxième partie du *Roman de la Rose,* poème encyclopédique qui allie l'érudition (mythologique surtout, car on y retrouve les mythes de Fortune, de l'Age d'Or, de Saturne, de Pygmalion, d'Adonis), la satire (des ordres Mendiants avec le personnage de Faux Semblant, des femmes), et un projet théologique, voire philosophique (la réinterprétation de l'œuvre de Lorris). A la narration linéaire, au montage métaphorique de celui-ci, il oppose l'exubérance des procédés d'amplification (discours, portraits), des commentaires, le raffinement subtil des jeux sur les ambiguïtés du double sens, jusqu'à faire une allégorie de l'allégorie.

Ce qui caractérise ce nouveau roman, c'est l'ironie, à tous les niveaux : le langage (l'usage des mots proscrits par la tradition courtoise détruit la rhétorique de l'euphémisme, et remet en question la discipline du désir), le mythe (celui de l'amour courtois, miné, est relayé par les mythes antiques placés « en situation », avant de céder devant le mythe nouveau de la fécondité, où se combinent la vision du monde antique et la doctrine chrétienne), la société. L'ironie se fait dialectique : propédeutique chez Raison, cynique chez Ami, la vieille et Faux Semblant (qui est en plus l'ironie de lui-même), quand ils s'acharnent à détruire l'image courtoise de la dame ; créatrice chez Nature, qui use du subterfuge de l'Amour pour la conservation de l'espèce.

Œuvre cosmique, où il est question de la vie et de l'univers, le deuxième *Roman de la Rose* soumet Amour à Nature et à Raison ; pour répandre son « hédonisme théologique », apologie de la joie terrestre, pour dénoncer les limites de l'amour courtois et en même temps le réhabiliter comme instrument de la providence divine confondue avec la loi de la Nature. Ces propositions naturalistes sont condamnées par Tempier en même temps que les thèses averroïstes.

B) *Rutebeuf.* — La poésie lyrique courtoise voit sa dernière floraison dans cette deuxième moitié du XIIIe siècle. Après la mort de Thibaut de Champagne, peu de grands trouvères (1253). Si l'on excepte Robert la Chèvre de Reims ou Jean Moniot de Paris, c'est dans le Nord qu'elle se survit le mieux : Jacques d'Amiens, Jacques Bretel (*Tournoi de Chauvency,* 1285), Jean de Marli perpétuent la tradition, tandis que rivalisent, en Picardie, clercs (Baude ou Grenon ; Henri Amion, Mahieu de Gand, qui échangent les « jeux-partis ») et bourgeois (Jean Bretel, Robert de la Pierre, Mathieu le Tailleur). Mais un nom domine, celui de Rutebeuf, contemporain de Saint Louis et de Philippe le Hardi. Il a abordé tous les genres : l'hagiographie *(Vie de sainte Élisabeth),* la poésie morale et pieuse *(Dit des neuf joies de Notre-Dame, Voie de paradis),* le théâtre naissant (*Miracle de Théophile, Dit de l'herberie,* « monologue dramatique » du charlatan). Mais c'est dans le domaine de la satire politique et du lyrisme personnel que sa contribution a été vraiment originale et féconde.

a) La satire et la réalité. Les années 1250-1265 sont marquées par la querelle des ordres mendiants, qui s'installent dans l'enseignement comme propagandistes du Saint-Siège, et réussissent à évincer Guillaume de Saint-Amour qui s'était attaqué à eux. Entre 1250 et 1265, Rutebeuf publie une série de pamphlets pour la défense de l'Université : la *Discorde de l'Université et des Jacobins* (1254), le *Dit du Pharisien* (1259), la *Complainte de Guillaume,* le *Dit d'Hypocrisie,* la *Bataille des vices contre les vertus* (av. 1263) qui développe le paradoxe de la puissance d'Humilité, et surtout *Renart le Bestourné*[1], qui s'en prend à la politique royale. Dans cette poésie d'humeur, où la littérature s'associe à la politique et devient polémique, la forme même amorce une transformation (le procédé de la personnification est inversé : la personnification abstraite, Hypocrisie, vise des personnes réelles) ; l'abstrait n'est qu'un masque du concret[2], annonçant une nouvelle relation poétique avec la réalité, qui prospérera au XIVe siècle.

b) Le « triomphe de la parole ». Cette expression de P. Zumthor[3] est une bonne définition des « poèmes de l'infortune » *(Povreté Rutebeuf, Mariage Rutebeuf, Mort Rutebeuf, Griesche d'été et d'hiver, Complainte Rutebeuf, Repentir)*, qui font penser à Villon, voire à Verlaine.

Mais gardons-nous d'y chercher la « confession » romantique. Le « Je » qui parle ici est celui d'un acteur qui joue le rôle du « je », un miroir dans lequel se voit le poète (le type du pauvre jongleur, du « sot » des proverbes). Un acteur se constitue face au public, lien entre celui qui parle et celui qui écoute. Le personnage de Rutebeuf lui-même, c'est l'unité des différents rôles, le ton de la pitié-amusée-sur soi.

Comme chez Villon, les thèmes classiques (le printemps, la taverne, la femme acariâtre), dont les variations sont innombrables dans la littérature médiévale, sont ici constamment rapportés au « moi ». Mais autant que de sa propre détresse, le poète se fait l'écho de la rue *(Charlot le juif et le barbier)*.

1. Ce « sirventès » use du masque de l'allégorie pour dévier l'attaque du personnage du roi, et la reporter sur ses mauvais conseillers. Le texte décrit d'abord Renart et son pouvoir, puis prodigue des conseils au roi pour l'éloigner de l'« avarice » ; le passage clef en est la peinture de la cour, dominée par les Ordres, où règnent la cupidité et l'hypocrisie.

2. Debonnaireté, dans la *Bataille...*, représente Guillaume de Saint-Amour.

3. Cf. P. Zumthor, *Essai de poétique médiévale,* Paris, Seuil, 1972, p. 405.

C) *Le théâtre* se libère progressivement de ses origines religieuses. Dans les milieux d'Arras, ville bourgeoise propice au réalisme, naît le théâtre profane, tandis que le *Miracle de Théophile* de Rutebeuf inaugure la série des drames semi-liturgiques qui fleurira au XIVe siècle, et que son *Dit de l'herberie* est déjà un « monologue dramatique ». Le nom le plus célèbre reste pourtant celui d'Adam le Bossu, créateur du théâtre comique français, avec le *Jeu de la feuillée* (1276), et de la pastorale dramatique avec *Robin et Marion* (1285).

Quatre hypothèses se partagent l'explication de l'apparition tardive des représentations comiques en français : la dérivation du théâtre religieux, qui ne dédaignait pas, dans les pièces les plus graves, les scènes assez lestes (le bordel de *Courtois d'Arras*) ; l'influence des adaptations de Plaute, Térence ou Ménandre, en latin, par les clercs du XIIe siècle (Vidal de Blois qui reprend *Amphitryon* dans son *Geta,* ou l'*Androgyne* de Ménandre dans *Alda*) ; l'appartenance au répertoire des jongleurs, la génération spontanée. Tous ces éléments entrent sans doute dans l'évolution du théâtre comique, qui recouvre des types d'œuvres assez différents : la sottie, la farce (*Le garçon et l'aveugle* – après 1282 – en est une ébauche) ou le « monologue dramatique ».

C'est aussi le moment où apparaissent les « moralités » (les *Trois moralités de Chantilly*), souvent inspirées de poèmes moraux (*Les sept péchés et les sept vertus* de Robert de l'Oulme, 1266, ou le *Pèlerinage de vie humaine* d'après Digulleville).

II. — 1280-1330 : Philippe le Bel et la fin des Capétiens directs

1. **L'évolution du contexte.** — Le tournant politique, pris sous Louis IX, s'accentue avec Philippe le Bel. La littérature entre dans la lutte contre la papauté, avant de participer, par la propagande, à l'essor de la royauté. Le phénomène le plus marquant de l'époque est l'intérêt croissant que l'on éprouve pour l'histoire.

Le début du XIVe siècle est dominé par la lutte qui oppose Philippe le Bel à Boniface VIII : après la levée de taxes sur le clergé sans l'autorisation de Rome et l'arrestation du légat pontifical, le pape réunit les prélats français en 1301 pour discuter des réformes à apporter au royaume ; le roi riposte par l'assemblée de 1302 où Pierre Flote résume ses griefs contre le Saint-Siège. Boniface répond par la bulle *Unam sanctam...* qui affirme la supériorité de Rome et son droit de déposer les rois. L'affaire se termine à Anagni, où Nogaret arrête le pape, qui meurt peu après. De cette querelle est sortie la monarchie moderne, centralisée, où l'idée de l'État a remplacé la féodalité.

2. **La littérature polémique.** — Entre 1296 et 1310, la littérature est accaparée par la question du pouvoir royal, car le pape a peu de défenseurs[1], tandis que la monarchie bénéficie de l'appui des « légistes » comme Guillaume de Nogaret, auteur d'une *Remontrance du peuple de France au roi contre le pape*[2], ou d'écrivains comme Jean de Paris[3], voire Gilles de Rome dont la première œuvre (*De regimine principum*) a été commandée par Philippe. Ces ouvrages n'ont aucune valeur littéraire, mais ils témoignent de l'évolution vers le concret entamée par Rutebeuf, de la tendance à recourir à l'opinion publique.

Leur apport essentiel réside dans la nouvelle idée de la souveraineté[4], inspirée du droit romain (notion de la « puissance publique », du pouvoir qui ne peut être propriété personnelle),

1. Henri de Crémone, *De potentia papae,* Gilles de Rome, *De ecclesiastica potestate.*

2. Il donne au roi le droit d'user de la force contre un pape corrompu. Cf. ses pamphlets latins : *Rationes inconvincibiles* et *Deliberatio super agentis* de 1302 (le pape sera réputé hérétique s'il persiste dans son erreur, son pouvoir temporei supprimé, ses biens confisqués).

3. *Quaestio in utramque partem, De potestate regia et papali* (le roi peut faire les lois, les abroger, imposer une nouvelle constitution).

4. Déjà esquissée par Philippe de Beaumanoir (*Coutumes du Beauvaisis*).

que répand l'entourage du roi, la classe neuve des administrateurs de l'État, soutenue par la bourgeoisie urbaine : le pouvoir existe en soi, il est total dans les limites du royaume *(imperium)*, et celui qui l'exerce est *solutus ex legibus* ; ce n'est plus le seigneur tenu par ses engagements envers ses vassaux.

Avec Pierre Dubois, la propagande monarchique dépasse cette querelle : le *De recuperatione Terrae sanctae* projette la restauration du royaume de Jérusalem et exprime un programme impérialiste qui doit célébrer le rôle européen, sinon mondial, de la maison de France.

Pourtant, la littérature politique n'épargne pas le roi : l'auteur anonyme du *Dit dou pape, dou roy et des monnoies* le soutient dans sa lutte contre Rome, mais lui reproche sa politique d'inflation ; Geoffroy de Paris l'attaque violemment dans sa *Chronique métrique* (1313-1314), tandis que Gervais du Bus dans la seconde partie du *Fauvel,* se montre très hostile au régime qui prévalut à la fin du règne.

3. **L'histoire et la chronique.** — L'histoire se dégage peu à peu de la tradition et de l'anecdotique, pour devenir le genre le plus florissant du XIVe siècle.

A) *La fin du XIIIe siècle.* — Elle connaît encore quelques œuvres qui relatent l'épopée orientale[1], tandis que le succès de l'anecdote pseudo-historique ne se ternit pas. Ainsi, les *Récits du ménestrel de Reims* (1260-1270) nous offrent un répertoire de faits et de fables remontant jusqu'à la deuxième croisade, dont le but est le divertissement du public (histoire d'Éléonore d'Aquitaine amoureuse de Saladin, suicide d'Henri II). Les progrès de la royauté expliquent la traduction en 1274, sur l'instigation de Mathieu de Vendôme, des *Grandes chroniques* de Saint-Denis (notices sur la vie des rois), qui seront continuées jusqu'en 1480.

1. Philippe de Novarre *(Estoire des Chiprois)*, la *Chronique de Morée* qui relate l'établissement français à Morée.

B) *Joinville, 1254-1317.* — Ce gentilhomme champenois rédige pour Jeanne de Navarre le *Livre des saintes paroles et des bons faits de notre saint roi Louis* (1309), hagiographie en deux parties : souvenirs de la septième croisade et exemples donnés par le roi (propos, actes, prouesses). Faut-il l'appeler « historien » ? Il s'intéresse aux petits faits, aux propos, plus qu'aux batailles et aux opérations militaires, sa chronologie est assez fantaisiste, emmêlant les plans, retournant constamment au passé ; il confond légende et document. Ce fouillis subjectif est un témoignage plus qu'un livre d'histoire, un hymne en prose à la gloire du roi. La partie la plus historique est la narration de la croisade, écrite dès 1272, et plus précise, plus détaillée. L'œuvre entière est une rédaction composite, groupant une série d'anecdotes autour de cet épisode central. Sensible au pittoresque et volontiers moralisateur, Joinville possède les qualités et les défauts de l' « historien » médiéval : la curiosité et le dessein édifiant (valeur exemplaire du geste, grandeur de la mort du roi). Une œuvre de piété, mal équilibrée au demeurant (70 paragraphes pour les vertus chrétiennes du roi, 700 pour sa « chevalerie »), avec des répétitions et des digressions, mais pleine d'agréables croquis.

C) *Début du XIVe siècle.* — Dans sa *Branche des royaux lignages,* Guillaume Guiart compose, en vers, un panorama original des années 1296-1302 ; la *Chronique métrique* de Geoffroy de Paris est bien informée sur la situation économique et la politique royale, mais faussée par le ressentiment de l'auteur contre Philippe le Bel. Les *Vœux du héron,* en vers aussi, retracent les origines de la rivalité franco-anglaise.

4. **La mort des grands genres.**

A) *La chanson de geste.* — Elle succombe aux tentations du moment : la passion pour l'histoire et la politique, qui achève sa décadence *(Charles le Chauve, Baudouin de Sebourc, Hugues Capet, Cipéris de Vignevaux)*. Les faits contemporains sont assaisonnés selon les vieilles recettes[1], tandis que se répandent les parodies *(Audigier, Le Siège de Neuville)*.

La vogue de cette littérature persiste, mais elle ne suscite plus de création ; on se contente de mettre en prose. *Le Chevalier au cygne* inaugure, dans la deuxième moitié du XIVe siècle, une suite d'épopées qui servent la politique royale ou reflètent les aspirations de la bourgeoisie. *Baudouin de Sebourc* est un roman autant qu'une chanson de geste, où le mélange de la réalité et du rêve ne réussit pas à recouvrir la propagande monarchique et la flatterie envers les classes urbaines. *Hugues Capet* (1356-1358) est un véritable manifeste où l'ascension du petit-fils de boucher au pouvoir royal symbolise la victoire du dauphin aidé par les marchands parisiens.

B) *Le roman arthurien.* — Le goût du public pour le roman chevaleresque persiste : on remanie ou réajuste des sujets exotiques (*Barlaam et Josaphat* à la fin du XIIIe siècle), antiques (*Roman des enfances Hector* qui oppose Hercule et le jeune Hector ; les *Vœux du Paon* de Jacques de Longuyon, en 1312, perpétuent la tradition du roman d'Alexandre, d'une esthétique statique nouvelle)[2] ou tirés d'un folklore local (le *Roman du comte d'Anjou* de Jean Maillard, en 1316) ; la matière de Bretagne s'épuise en suites et mises en prose *(Suite Merlin, Prose Tristan, Guiron le Courtois,* le *Chevalier au Papegaut)*. L'inspiration créatrice se tarit avec les deux dernières œuvres originales du genre : *Isaïe le Triste* et *Perceforest*.

C) Le *fabliau* disparaît au début du XIVe siècle. Les auteurs ne sont plus des jongleurs, mais des ménestrels, poètes en titre, comme Watriquet de Couvin *(Les trois*

1. Cf. les *Vœux de l'épervier,* 1315, qui relatent la lutte du roi de Naples contre Henri VIII.
2. Cf. A. Giacheti, le personnage d'Alexandre dans les *Vœux du Paon*, *Mélanges Frappier,* Droz, 1970, 3.

chanoinesses de Cologne), Jacques de Baisieux *(Les trois chevaliers et la robe)* ou Jean de Condé *(Les braies le prestre)*. Le niveau se relève, et le style annonce parfois les rhétoriqueurs du siècle suivant, mais c'est la fin d'un genre de verve populaire qui a connu ses derniers grands moments avec Rutebeuf *(Frère Denise, Le testament de l'âme)* et Gautier le Leu (*Del fol vilain, Del prestre taint,* où l'on rencontre une violente satire du clergé, et qui n'évite pas toujours l'obscénité).

D) *Le dernier avatar de Renart.* — Dans la lignée de *Renart le bestourné,* Renart se transforme en personnification, comme pivot d'œuvres où les techniques de l'allégorisation et de la satire trouvent leur aboutissement (Renart incarne le vice par excellence, la « renardie », l'hypocrisie, et ces poèmes sont un mélange de morale – on y voit Fortune – et de polémique contre les Ordres).

Jacquemart Gielée, dans *Renart le nouvel,* nous montre en 1288 la cour plénière de Noble, le souverain trônant à côté de sa dame, Orgueilleuse, tandis que son fils, Orgueil, est fait chevalier et revêtu d'armes allégoriques. Le *Couronnement de Renart* (1295) est un violent réquisitoire contre les ordres mendiants, adressé au marquis de Namur, frère du comte de Flandre qui vient d'être assassiné, pour le mettre en garde contre ses ennemis (Renart, sous l'habit religieux, évince Noble et fait régner l'injustice et la cupidité). *Renart le contrefait,* de Jean L'Épicier de Troyes (1320-1342), inverse le thème et fait de Renart le défenseur du bien contre l'hypocrisie (le poète se déguise en Renart pour faire son enquête sur le monde). Mais le chef-d'œuvre du genre reste le *Fauvel,* cheval allégorique que « tous torchent à l'envi », somme de la fausseté du monde, dont le sens est moral, social et politique. La première partie passe en revue les « états » du monde, blâme les évêques pour leur servilité envers le roi, mais félicite Philippe pour son intervention contre les Templiers ; la deuxième, de Gervais du Bus, s'attaque à l'entourage du souverain. Cette image d'une société à l'envers, pourrie par l'hypocrisie et l'avidité, se perpétue dans une addition au *Fauvel,* due à Raoul Chaillou de Pestain, notaire de la chancellerie royale aux environs de 1338.

Chapitre VI

1330-1430 : LA GUERRE DE CENT ANS

Elle marque une coupure dans des domaines différents et assez éloignés les uns des autres. La Grande Peste de 1347 et la sous-alimentation déclenchent un renversement de la démographie : la France se vide de ses hommes. La faim, l'anarchie, les révoltes urbaines (Étienne Marcel) et paysannes (jacqueries), les ravages des armées et des Grandes Compagnies, en font l'une des périodes les plus noires de notre histoire.

I. — La conjoncture

A) *Les bouleversements de l'histoire.* — Le conflit éclate vers 1337, à propos de la succession au trône et de l'affaire de Guyenne, sous Philippe VI de Valois, et va durer jusqu'en 1453 ; le moment le plus dramatique sera toutefois passé vers 1430 après l'épisode de Jeanne d'Arc. La guerre se déroule avec des péripéties variées :

a) De 1337 à 1364, la France connaît défaite sur défaite (Poitiers, 1356 ; Crécy, 1346 ; Calais, 1347), et cède par le traité de Brétigny (1360) plus du quart du royaume. La politique intérieure ne va pas mieux : Étienne Marcel impose au dauphin la « Grande Ordonnance » (1357) avant d'être assassiné (1358).

b) Le règne de Charles V (1364-1380) apporte le répit ; Du Guesclin reprend aux Anglais une partie de leurs possessions.

c) Les années 1380-1429 délimitent une époque plus sombre encore que le début de la guerre : le dauphin Charles VI est faible, puis, roi, devient fou (1392); le pays est déchiré par la rivalité des Armagnacs et des Bourguignons, après le meurtre de Louis d'Orléans (1407) sur l'instigation de Jean sans Peur; le désastre d'Azincourt (1415), la mort de Jean sans Peur (1419), tué par les gens du dauphin, conduisent au traité de Troyes (1420) qui proclame le roi d'Angleterre souverain du pays; l'avènement de Charles VII (1422) donne deux rois à la France.

d) Jeanne d'Arc (1429-1430) chasse les Anglais d'Orléans, fait couronner Charles à Reims, mais est capturée à Compiègne et brûlée à Rouen (mai 1430). La guerre ne s'arrête pas pour autant, mais le relèvement est net (réconciliation du roi avec Philippe le Bon, 1435, armée régulière, 1445).

Crécy, Poitiers, Azincourt sonnent le glas de la chevalerie, qui perd sa justification première, la prépondérance sur le champ de bataille, mais survivra encore longtemps comme idéal social et moral; la bourgeoisie profite de la faiblesse du pouvoir (Étienne Marcel).

B) *L'évolution de la pensée.* — La régression du thomisme se confirme. Entre 1300 et 1350, il subit la critique du nominalisme ockhamien[1]. Ockham, qui inspirera quelques philosophes français[2], élabore un empirisme radical qui ébranle la royauté d'Aristote. Ses thèses, condamnées en 1337 et 1350, se répandent et donnent une impulsion nouvelle à la curiosité scientifique. La science sacrée se replie de nouveau sur elle-même, tandis que la philosophie pratique l'alliance du fidéisme et du scepticisme. En même temps, le mysticisme spéculatif, né aux Pays-Bas, et dans le Midi, gagne du terrain (Jean Eckhart, 1260-1327 ; Tauler, 1300-1361 ; Henri Suso, 1300-1365 ; Jean Ruysbroeck, 1293-1381) : l'*Imitation de Jésus Christ* de Thomas de Kampen a beaucoup de succès, tandis que la *devotio moderna* influence des théologiens comme Pierre d'Ailly et son élève Gerson.

1. 1350 marque la fin de l'âge d'or de la philosophie et de la théologie scolastique.
2. Durand de Saint-Pourçain, Buridan, Pierre Auriol, Oresme.

C) *Les arts.* — La littérature, déjà orientée vers la réalité politique, est écrasée sous le poids des événements, et suit les fluctuations de l'actualité ; les auteurs eux-mêmes sont entraînés dans la tourmente (Charles d'Orléans). Pour échapper à son emprise, il n'est qu'un refuge : le rêve, le culte de la forme où s'enferme la poésie. Alors qu'en France le « moyen français » remplace de plus en plus l'ancienne langue, l'Italie, après la mort de Dante (1321), devient le nouveau centre culturel (Boccace, 1313-1375 ; Pétrarque, 1304-1374 ; Giotto, 1266-1337). Avec Philippe de Vitry naît la polyphonie : le XIVe siècle verra les premiers musiciens dont le nom est resté (Guillaume Dufay, Josquin des Près, Machaut).

II. — Littérature engagée et littérature refuge

A) *La littérature politique.*

a) Charles V et la propagande royale. Tous les grands règnes ont leurs chantres. Celui de Charles V représente une pause dans la série de calamités apportées par la guerre, avec sa brillante vie de cour et son activité intellectuelle.

La conception du pouvoir fait l'objet d'œuvres comme le *Traité des monnaies d'Oresme* (1366)[1], le *Songe du verger,* et l'*Arbre des batailles* d'Honoré Bonet (1386-1389) affirme aussi bien l'origine divine du pouvoir monarchique, que son indépendance envers Rome ; Raoul de Presles, en 1363, avait déjà défini les devoirs de la royauté sacrée (*Compendium morale de re publica,* cf. 1369, *Discours sur l'oriflamme,* et Jean Golein : *Traité du sacre*). Philippe de Maizières rédige en 1382 le *Songe du vieil pèlerin,* recueil de conseils au roi.

L'histoire sert la propagande : Pierre d'Orgemont, chancelier de 1373 à 1380, fait de sa contribution aux

1. Le roi est le serviteur de l'État, dont il a la souveraineté par la grâce de Dieu, mais est limité à la fois par le souci du bien du peuple et l'intérêt général.

Grandes chroniques un plaidoyer discret pour Charles. Christine de Pisan lui consacre une véritable hagiographie, le *Livre des faits et bonnes mœurs du sage roi Charles le Quint,* qui reprend la démarche de Joinville, recommandée par Gilles de Rome : prouver la « noblesse de courage », la « chevalerie » et la sagesse du prince (chaque vertu est divisée en sous-qualités : la sagesse en sapience, science et prudence, chacune illustrée par des exemples).

b) La polémique nationale. Le *Songe du verger* réclame le retour à la France des provinces méridionales et demande la saisie du duché de Bretagne. Pierre d'Orgemont participe de la même inspiration. Mais bientôt ce courant anti-anglais prendra une forme patriotique.

c) L'Église. Le clergé reste la cible favorite de la satire. Nicolas de Clamanges, dans son *Traité de la ruine de l'Église,* condamne les abus et le luxe, les mœurs de la hiérarchie, mais aussi l'état moral et matériel du bas clergé famélique. Le Schisme de 1378-1417, avec ses deux papes rivaux qui s'excommunient mutuellement, multiplie les pamphlets, qui répandent la doctrine conciliaire[1], dont les partisans les plus actifs se recrutent à l'Université de Paris (Conrad de Gelnhausen, *Epistola Concordiae* ; Henry de Langenstein, *Epistola Pacis*).

Pierre d'Ailly et Gerson prennent parti : le premier dans ses *Actes de maîtrise* (1381), l'autre dans *Du Schisme et de la papauté* (1396) où il regrette la « soustraction d'obédience », mais est d'accord avec le principe ; Jean Petit dans sa *Complainte de l'Église* (1393-1395) est partisan de l'abdication simultanée des deux papes. Loin de ces querelles, Philippe de Maizières prouve que la vieille idée de la croisade n'est pas morte.

1. Inspirée de Marsile de Padoue et Jean de Jandun (*Defensor Pacis,* 1324 : supériorité de l'État ; la puissance temporelle du pape, résultat d'une série d'usurpations, n'a aucune légitimité ; l'autorité ecclésiastique n'existe que dans l'État et par l'État), elle affirme l'égalité de tous les prêtres, et place la direction de l'Église entre les mains du Concile, dont le pape est le « chargé de pouvoirs ».

d) Les remous de la guerre civile. Entre 1407 et 1435 s'opposent les Armagnacs et les Bourguignons.

Jean Petit, en 1408, prononce son discours pour l'apologie du meurtre du duc d'Orléans. L'Université se compromet avec les factions. Les arguments de Petit sont repris par Jean Blondel en 1420 *(Complainte des bons Français),* tandis que Jean Jouvenel des Ursins fait dans son *Épître au roi,* de 1435, un tableau effroyable des misères de la France armagnaque. Le texte le plus connu de cette époque est le *Pastoralet* de Bucarius, une allégorie pastorale et satirique, qui déguise les protagonistes de la lutte en bergers, et fait un violent réquisitoire bourguignon contre Charles VI et le duc d'Orléans.

B) *L'histoire.* — L'histoire est de moins en moins une province de l'éloquence ; mais si elle se réclame des documents, voire d'enquêtes (Froissart), le goût du pittoresque subsiste. La vision du monde reste empreinte de préjugés personnels (les valeurs aristocratiques) et se fonde sur des perspectives mythologiques (les âges « de l'humanité », la « roue de Fortune »), théologiques (la Providence) ou morales (au rang des causes figurent l'honneur familial, la vengeance). Le XIVe siècle frappe par la variété de ses « genres historiques » :

a) La diversité dans la curiosité historique.

Histoire universelle chez Jean d'Outremeuse *(Myreur des hystors)* et Jean Gaulart de Chavanges (1345-1348, *Livre royal*) ; histoire en latin de Jean de Venette (chronique des années 1340-1365), de Jean de Saint-Victor *(Memoriale Historiarum),* de Chartier et Jouvenel des Ursins (suite des *Grandes chroniques*) ; histoire locale, appréciée des bourgeois citadins[1] ; histoire au jour le jour, dans les *Chroniques* ou *Annales*[2] ; biographie héroïque[3]. Quelques œuvres méritent plus d'attention : la *Chronique des*

1. *Miroir des nobles hommes de Hesdaye* (Jacques de Henricourt) ; *Chroniques artésiennes* de Guy de Dampierre.

2. Gilles Le Muisit, 1350 ; *Journal* de Jean Le Febvre ; *Mémoires* de Pierre Fenin (1407-1427).

3. *Livre des faits du bon messire Jehan le Maingre dit Maréchal Boucicaut,* 1409 (chevalier idéal, courtois et lettré) ; *Vie de Du Guesclin,* en vers, de Jean Cuvelier (1380-1387) ; *Vie du prince noir* du héraut Chandos (1385).

quatre premiers Valois, d'un clerc qui voit se multiplier les désastres et les attribue avec impartialité aux fautes de la chevalerie; l'ouvrage de Jean le Bel[1], qui, malgré sa volonté de précision et d'objectivité, garde les présupposés de la noblesse (prépondérance des faits militaires, tableau de la chevalerie dans son dernier éclat) et montre de la sympathie pour les Anglais.

b) Froissart utilise une documentation de première main. Mais ses défauts d'historien font ses brillantes qualités littéraires: sa géographie et sa chronologie sont mal assurées, son sens critique laisse souvent à désirer. Son récit est un éloge constant de la prouesse, destiné aux jeunes chevaliers : on n'y voit que fastes de l'aristocratie, exploits, fêtes, combats qui deviennent spectacle, comme des tournois (Crécy, Poitiers). Il a du monde une vision héroïque : c'est une guerre propre où les seigneurs font preuve de courage et de générosité, pour défendre leur honneur ou celui du roi. La réalité sordide est idéalisée : le pillage devient un haut fait. Cette histoire n'est pas loin de l'atmosphère du roman, par sa mise en scène, sa célébration de la vie aristocratique. Mais derrière la célébration de la chevalerie, on devine la réalité de cette guerre : indiscipline et inadaptation de la cavalerie (Crécy), rôle de l'argent, brigands et soldats de métier des « Compagnies ».

C) *L'invasion de la vie quotidienne.* — La guerre ne peut laisser indifférent : elle domine la production littéraire du moment, influant même sur la forme du poème et la fonction du poète.

a) La grande pitié du royaume. Les écrivains nous donnent un aperçu de la misère qui règne partout :

Jean Jouvenel des Ursins, dans son *Epistre* (1433), témoigne des exactions commises par l'ennemi, et plus encore par les troupes du roi. Honoré Bonet, dans l'*Arbre des batailles,* s'api-

1. *Histoire vraie et notable des nouvelles guerres et choses advenues depuis l'an 1326 jusques en l'an 1361.*

toie sur le sort des pauvres gens, inévitables et éternelles victimes ; dans l'*Apparition maistre Jehan de Meung* (1398), il rêve que l'auteur du *Roman de la Rose* apparaît pour lui demander de protester contre les maux multiples dont la France est accablée. Jean Courtecuisse, l'orateur de l'Université de Paris, dans un sermon de 1416, évoque le pays comme « un océan dans la tempête », tandis que Henri de Ferrières y voit l'effet du déterminisme astrologique, la punition de la Providence. Pierre de Nesson, dans son *Lai de guerre,* fait un éloge ironique de la guerre, vigoureux tableau des provinces dévastées.

b) Eustache Deschamps, s'il est par ailleurs le précurseur d'une poésie scientifique, exprime à travers les motifs affectifs ou moraux les soubresauts de l'actualité[1]. L'état lamentable du pays est une conséquence de la décadence des valeurs morales[2] et de la religion. S'il chante la mort de Du Guesclin (lai 312, ballade 206), en y soupçonnant le symbole du déclin d'une classe, il ne méprise pas la poésie de circonstance, commentaire des dernières nouvelles, ni même les allusions aux épisodes les moins brillants du conflit[3]. Mais dans le particulier, dans les incidents quotidiens, transparaît le sort du monde, et, parfois, le poète se fait prophète. La leçon de son œuvre est une condamnation radicale de la guerre.

c) Les réactions au malheur. Face à la triste réalité, la littérature en appelle à la résistance nationale, ou se réfugie dans les rêves de paix, quand ce n'est pas dans la mélancolie.

Ainsi se répandent les thèmes de la solitude malheureuse, de la mort (Pierre de Nesson : *Paraphrase des IX leçons de Job, Vigile des morts, Double lai de fragilité humaine*) ; c'est l'époque des

1. Cf. la campagne de Flandre (1382-1385), les préparatifs de l'invasion anglaise (1386).

2. « Long Conseil, Orgueil et Envie / Grant Haine et Petit confort / Grant Richesse d'autre partie / Convoitise qui chacun mort / On tant fait par leur grant effort / Qu'ils ont mis bien près de la mort / Le noble royaume de France ».

3. Le pillage des foires de Champagne, la campagne du sire de Coucy, 1375.

Songes et des *Lamentations,* de la délectation pour la mort (tradition du cadavre dans les beaux-arts, danses macabres), de l'attrait pour les sciences occultes, de la « mélancolie » qui devient avec Deschamps, Froissart et surtout Charles d'Orléans une pose littéraire.

L'image nostalgique de la paix traverse souvent les œuvres du temps :

Jean Régnier, qui a vécu au moment d'Azincourt, compare l'état du pays avant la guerre et en 1430, et conclut : « Paix est de tous les biens tresoriere. » Michaut Taillevant s'adresse aux princes : « Ayez pour recommandée la paix du royaume de France. » Deschamps, Charles d'Orléans *(La ballade de la paix avec les Anglais),* Chartier *(Lai de paix),* tous en font une rengaine.

Mais il arrive aussi que des écrivains se ressaisissent et tentent d'éveiller le sentiment national, la résistance, répandant pour la première fois la notion de « patrie » :

Froissart, incidemment, nous donne l'illustration de ce phénomène[1]. Charles d'Orléans chante la gloire de Charlemagne, d'Olivier et de Saint Louis. Gilles le Bouvier vante les mérites de la France et traite du problème des frontières dans sa *Description des pays* ; le *Débat des hérauts de France et d'Angleterre* met en parallèle les deux pays pour prouver la supériorité de la France ; Eustache Deschamps est violemment hostile aux Anglais. L'épisode de Jeanne d'Arc (1429) devient le symbole de ce mouvement, bien que l'écho dans la littérature soit faible[2]. Mais c'est le *Quadriloge invectif* de Chartier qui définit le mieux la nouvelle cause.

d) Alain Chartier (1385-1431), clerc et diplomate, donne à la poésie une fonction politique :

Si l'on excepte la *Belle dame sans merci,* la plupart de ses œuvres sont « engagées ». Le *Livre des quatre dames* (1415-1416) reflète l'indignation de tous devant la fuite de la chevalerie à

1. IV. Récit de la capture de Jean le Bon à Poitiers en 1356, et réponse du chevalier Denys de Morbecque : « Moi sire qui suis chevalier de la nation de votre royaume », qui montre le lien unissant patriotisme et loyalisme dynastique.

2. Cf. Christine de Pisan, *Dictié de la Pucelle,* 1429. Lettre de Chartier à Frédéric d'Autriche. Jeanne ne sera réhabilitée que vers la moitié du siècle.

Azincourt ; le *Quadriloge invectif* de 1422 dénonce la responsabilité de toutes les classes dans cette défaite ; le *Débat patriotique* appelle à l'action : un vieil héraut d'armes parle avec un jeune seigneur peu enclin à se battre, quand intervient un vilain qui accuse l'aristocratie de ne pas servir, par le combat, la patrie comme il la sert lui par son travail ; dans son *Lai de paix,* il convie les princes à la réconciliation ; le *Bréviaire des nobles* invite la chevalerie à tirer les leçons de son échec, et la somme de se ressaisir. *L'Espérance ou consolation des trois vertus* nous montre une France vieillissant dans la honte, œuvre d'un poète qui semble avoir perdu ses illusions sur les chances du renouveau.

e) Christine de Pizan (1364-1431). Une partie de ses poèmes est consacrée à ses souffrances personnelles *(Ballades du veuvage)* ou à la défense de la femme. Mais les problèmes du moment l'intéressent :

Le *Livre du corps de policie* est un manuel de gouvernement basé sur la description traditionnelle de la société ; le *Livre des faits d'armes et de chevalerie* analyse la conduite des princes en guerre (1410). L'*Avision* de 1405 dépeint les misères de la France ; la *Lamentation sur les maux de la guerre civile* (1420) s'élève contre la lutte fratricide qui oppose les Français depuis 1407 ; le *Livre de paix* (1412) célèbre le bonheur d'une paix retrouvée, tout en donnant des principes de gouvernement.

D) *La littérature refuge.*

a) Le triomphe des formes fixes. La versification devient de plus en plus savante, cultivant une musique délicate dans le carcan de structures compliquées et invariables[1]. Le goût de la rhétorique en fait une poésie du paraître, où le désenchantement est à peine voilé par la perfection, la circularité de la forme. Les « arts de seconde rhétorique »[2] en apprennent le bon usage.

1. La ballade, avec ses trois couplets sur des rimes identiques et son « envoi » de quatre vers ; le rondeau avec son refrain ; le virelai ; le chant royal (cf. D. Poirion, *Le Poète et le Prince,* Grenoble, 1965).

2. *Art de dictier* d'Eustache Deschamps (1392) ; *Des rythmes* de Jacques Legrand, un anonyme *Règles de la seconde rhétorique* (1411-1432), le *Doctrinal de la seconde rhétorique* de Baudet Herenc (1432). Ce sont surtout des tables de rimes, de mètres, de rythmes.

L'inspiration courtoise se lasse : chez Christine de Pisan *(Épître au dieu d'amour, Livre du duc des vrais amants)* le bon sens et la morale ont leur revanche, tandis que chez Chartier le patriotisme refoule au deuxième plan les motifs amoureux ; la *Cour d'amour* de Charles VI n'est qu'un divertissement mondain.

b) L'écho indirect de la réalité. Si la poésie veut créer un univers imaginaire pour remplacer une réalité trop triste, les poètes, eux, ne peuvent pas se soustraire toujours aux circonstances extérieures dans lesquelles ils vivent.

L'exil et la prison sont maintenant des thèmes courants, et plus uniquement figurés, pour Jean Régnier *(Livre de la prison)*, Jean de Calais *(Lamentation)* ou Charles d'Orléans. Même Machaut ne réussit à s'abstraire totalement : le prologue du *Jugement du roi de Navarre* évoque la peste de 1347. Bien des auteurs en outre célèbrent les héros du jour (Du Guesclin chez Deschamps, Christine de Pisan).

c) Les œuvres essentielles. Les métaphores filées et les personnifications relevant de la topique courtoise peuplent les poèmes d'Acard de Hesdin (la *Prise amoureuse,* allégorie de 2 000 octosyllabes, 1392), de Baudet Herenc *(Parlement d'amour),* d'Oton de Granson († 1387), et les *Cent ballades*[1], comme les produits de la *Cour d'amour* de 1401. La douleur d'aimer, les personnages de Lorris et de Meun, la description des progrès et des obstacles du sentiment, le culte de la dame parfaite mais inaccessible, tels sont les inépuisables thèmes de ce genre où brillèrent aussi Froissart[2] et Chartier[3]. Mais les thèmes semblent atteints par une certaine

1. Jeu de questions et réponses organisé par Boucicaut, Jean le Senéchal, Philippe d'Artois et Jean de Crésecque, en 1390 sur la fidélité en amour.
2. Cf. le *Paradis d'amour,* l'*Espinette amoureuse,* l'*Orloge amoureuse,* le *Joly buisson de Jonèce.*
3. Cf. la *Belle dame sans mercy,* 1424 (un amant meurt de n'avoir jamais pu toucher sa belle).

dégénérescence : l'échec est de plus en plus fréquent, ainsi que l'amant martyr ou la dame cruelle.

Guillaume de Machaut a consacré son œuvre entière à ce type d'écriture. Il recueille l'héritage de la tradition courtoise et la réincarne dans une technique sophistiquée d'ordonnance musicale (il est l'un des grands musiciens du temps) et verbale, jouant constamment avec la virtuosité et la sincérité (le *Voir dit* se présente comme le récit d'une aventure personnelle), le rêve et la réalité, le symbolisme et la mythologie (la *Fontaine amoureuse* avec l'épisode du jugement de Pâris). Sa production est abondante : outre un grand nombre de ballades, rondeaux, il a composé des pièces importantes, comme le *Jugement du roi de Behaigne,* le *Remède de fortune,* le *Dit du lion* (1342, île enchantée où un lion guide l'amant vers sa dame), le *Dit de l'Alérion,* le *Jugement du roi de Navarre* (1349), palinodie du précédent *Jugement,* le *Confort d'ami* (1357) pour Charles le Mauvais, la *Fontaine amoureuse* (1361, consolation à l'amant), ou la *Prise d'Alexandrie* (1369, vie chevaleresque de Pierre Ier de Lusiguan).

La pastorale offre l'image d'un monde innocent et d'un retour à la nature selon les conventions d'un genre qui depuis l'Antiquité oppose la vie de cour et l'authenticité de la solitude (ballade 315 de Deschamps, *Curial* de Chartier, *Abuzé en cour, Dit de la Pastoure* de Pisan, *Pastorale* de Meschinot). Dans le *Pastoralet,* ce cadre d'expression sert à un pamphlet politique.

III. — Les genres florissants

A) *Le roman et la prose.* — Si le *Méliador* de Froissart est encore en vers, la prose jouit d'une faveur accrue, attestée d'ailleurs par l'histoire.

Theseus de Cologne, de la fin du siècle, reprend les thèmes éprouvés d'une épopée mourante (la belle-mère jalouse, la reine faussement accusée, la séparation des familles). Le *Livre de Mélusine* de Jean d'Arras (1392-1393) combine histoire et fiction (le merveilleux, introduit par la fée qui se change en serpent, épouse de Raimond, fils du comte de Forez). Le *Bérinus* (1350-

1370) traduit, dans ses voyages, les rêves d'ambition de la bourgeoisie, dans le cadre d'un remaniement des *Sept sages de Rome,* mise en prose d'un poème de la deuxième moitié du XIIIe siècle. Les *Quinze joies de mariage,* du début du XVe siècle, définissent les diverses manières d'accommoder les maris, développant l'image éternelle de l'époux trompé et inconscient, victime de l'hypocrisie féminine.

B) *La littérature morale et didactique.* — Outre Jean Castel et Alard de Cambrai, on peut citer Nicole Bozon qui, entre 1320 et 1350, rédige ses *Contes moralisés* et ses poèmes religieux[1], qui ressassent tous les poncifs de l'allégorie. Le voyage dans l'au-delà trouve encore des adeptes en Guillaume de Diguilleville (*Pèlerinage de vie humaine,* 1330-1332; *Pèlerinage de l'âme,* 1356) et les auteurs d'une *Voie de paradis* de 1380 ou du *Chemin de vaillance* (1424-1426). Gilles Le Muisit dicte, aveugle, son *Registre* (suite de poèmes moraux, religieux et satiriques) vers 1350[2]. Jean de Courcy (1350-1431) réunit dans la *Bouquechardière* (1416-1422) des compilations d'histoire ancienne, où chaque chapitre se termine par des moralisations. Les « arts de bien vivre » ou « de bien mourir » se répandent au début du XVe siècle : le poème intitulé *Mors de la pomme* est une curieuse variante du cycle des « danses macabres » qui prolifèrent à ce moment, où l'on voit paraître aussi les *Dits moraux* de Guillaume de Tignonville (1401) et l'*Archiloge Sophie* de Jacques Legrand (1407), déjà l'auteur d'un *Livre des bonnes mœurs.*

La tradition didactique s'enrichit de nombreux ouvrages sur l'art de la chasse : le *Roman des déduis* de Gace de La Buigne (1377, traité de chasse inséré dans une allégorie des vices et vertus dédiée à Philippe le Hardi) ; le *Livre du roy Modus et de la*

1. *Char d'orgueil, Débat de l'Yver et de l'Esté, Desputeyson du corps et de l'âme.*

2. Cf. *Complainte des compagnons, Lamentations* et *Méditations* où il rassemble ses réflexions pessimistes sur le monde ; l'*Estat et le maintien* qui donne des règles de vie selon la condition sociale.

royne Ratio d'Henri de Ferrières (1354) dont le premier livre est consacré à la vie des animaux entrecoupé de moralisation (allégorie sur les vices du temps, interprétation du sanglier comme démon). Le plus connu de ces traités reste cependant celui de Gaston Phébus, *La Chasse* (1387-1391, sur la vie et les mœurs des bêtes, les méthodes de chasse)[1].

Mais on n'a pas abandonné le projet d'« enseigner les jeunes gens » : Geoffroy de Charny rédige un *Livre pour l'instruction du jeune chevalier,* en vers, suivi d'un *Livre de chevalerie,* en prose. Le *Mésnagier de Paris* veut apprendre la vie en ménage à la jeune épouse, et nous donne une intéressante documentation sur la vie quotidienne (1392). La géographie est représentée par les *Voyages* de Jean de Mandeville (1356), itinéraire fictif vers la Terre sainte, qui recueille les traditions fabuleuses sur l'Orient (Inde, pays du Prêtre Jean) et fut un « best-seller » du temps (300 mss, 90 éd.), par Pierre d'Ailly et Oresme, auteur d'une série d'ouvrages scientifiques[2] ; le droit par Jacques d'Ableiges et Jean Boutillier ; l'économie par le *Traité des monnaies* d'Oresme ; l'agriculture par le *Vrai régime et gouvernement des bergers* de Jean de Brie (1379) et le *Livre des profits champêtres* de Pierre de Cressens.

C) *Le théâtre.* — Le XIVe siècle est celui des « Miracles » : il nous a laissé quarante *Miracles de Notre-Dame,* pièces courtes finissant toujours sur l'intervention de la Vierge, qui mêlent des motifs de l'épopée, du roman, de la légende et du folklore. La situation y est souvent désespérée, et le héros se trouve dans des circonstances exceptionnelles (Guibourc sauvée du

1. Cf. aussi Hardouin de Fontaine-Guérin, *Trésor de vénerie* (1394).
2. Le *Traité de la sphère,* les commentaires sur les *Livres du ciel et du monde* d'Aristote, sur sa *Physique* et ses *Météores.* Il pressent la loi de la chute des corps et peut être considéré comme le précurseur de Copernic.

bûcher, Robert le Diable aux crimes innombrables, néanmoins pardonné, résurrection des enfants d'Amile). C'est aussi le moment où se fondent les compagnies permanentes (confréries de la Passion à Nantes en 1371, à Paris en 1381 ; *Galants sans souci* pour la farce), dont l'une est reconnue par lettres patentes de Charles VI en 1402. Les *Passions* apparaissent (*Passion palatine* de la fin du XIIIe siècle remaniée, *Passion de sainte Geneviève* dans la deuxième moitié du siècle, *Passion d'Autun* et *Passion de Semur*). Le théâtre comique ne connaîtra pas de grandes créations avant 1440, si l'on excepte Deschamps (*Farce de maître Trubert et d'Antrongnart, Dit des quatre offices de l'hôtel du roi*). La moralité de *Bien avisé et mal avisé* est typique du genre, avec ses personnifications et sa leçon simpliste ; Le *Concile de Bâle,* vers 1432, l'oriente vers la politique. *Griseldis* est une pièce entièrement profane, sur un sujet de mélodrame.

IV. — La querelle du « Roman de la Rose » et le « Premier humanisme français »

A) *La première génération d'« humanistes »*. — Charles V s'entoure de traducteurs d'œuvres antiques, dont il stimule l'activité (Oresme qui s'occupe surtout d'Aristote, Nicolas de Clamanges, les frères Col, Jacques de Nouvion, Laurent de Premierfait, Jacques Legrand, Jean de Montreuil), il protège savants et érudits (Évrart de Conty, *Livre des problèmes* ; Denys Foulechat, *Polycratique* ; Jean Daudin ; Simon de Hesdin, qui met en français les *Anecdotes mémorables* de Valère Maxime). L'influence italienne se fait sentir après le voyage de Pétrarque (1360), et crée une certaine émulation. Une intense vie intellectuelle marque la fin du siècle : à la passion pour l'Antiquité s'ajoutent les préoccupations littéraires ; on discute de style, de préséances (Cicéron ou Ovide ?) ; on rassemble des manuscrits, on truffe ses œuvres de citations, et on se bat sur la signification du *Roman de la Rose.*

B) *La femme et la littérature.* — La satire antiféminine repose sur une longue tradition. Elle a inspiré de nombreuses œuvres, comme les *Quinze joies de mariage,* le *Miroir de mariage* de Deschamps, et surtout les *Lamentations de Mahieu le Bigame*[1]. Face à ce dénigrement, les poètes courtois maintiennent le mythe de la femme idéale. Ces deux attitudes vont s'affronter à propos de la querelle du *Roman de la Rose,* lancée par Christine de Pisan en 1393 *(Épître au dieu d'amour),* qui reproche à Meun ses allusions contre l'honneur féminin, défendu par le dieu. Mais Jean de Meun est soutenu par les frères Col et Jean de Montreuil. Le débat finira par déborder ces limites et le statut de la femme est bien oublié lorsque intervient Gerson, qui voit dans le *Roman* la source de toute immoralité. Le XVe siècle verra encore s'opposer les adversaires : la littérature féministe (Christine de Pisan avec la *Cité des dames* en 1405, puis le *Livre des trois vertus,* Martin Le Franc dans son *Champion des dames* en 1440-1442 où il expose les mérites des grandes dames de l'histoire et de la mythologie ; Claude Bouton dans le *Miroir des dames*[2] ; Olivier de La Marche dans le *Parement et triomphes des dames* en 1493 ; Jacques Milet) contre le courant satirique, qui subsiste dans les *Cent nouvelles Nouvelles* (1462) où l'on ne rencontre que maris malheureux, femmes

1. Il s'agit de la traduction, en 1370, par Jean Le Fèvre de Ressons du *Matheolus,* poème latin de 1290, réquisitoire contre le mariage, qui se termine par l'entrée au paradis du clerc que cette épreuve a sanctifié.

2. « Les femmes sont moult à priser / Plus que les hommes sans doubtance. »

sensuelles et fausses ; dans le *Petit Jehan de Saintré* (la Dame des Belles Cousines cache sous sa sollicitude un intérêt plus charnel). Aussi bien la farce *(Farce du Cuvier)* que la littérature morale (le *Blason des fausses amours* de Guillaume Alecis, l'*Amant rendu cordelier* du pseudo-Martial d'Auvergne, 1440) se mettent de la partie.

Chapitre VII

LE XVe SIÈCLE (1430-1480)

Si la fin de la guerre est d'habitude datée de 1453, quand les Anglais ne tiennent plus que Calais, les années 1430 marquent toutefois un changement, un tournant vers le relèvement : le repli des Anglais s'affirme, la monarchie se consolide sous Charles VII (1422-1461) qui crée les impôts de l'Ancien Régime et constitue l'armée permanente, et sous Louis XI qui, dans sa lutte contre les grands féodaux et Charles le Téméraire, construit la France moderne. La césure est peut-être moins nette en littérature : on voit se relayer les générations (celle de la guerre s'éteint : Christine de Pisan et Chartier meurent en 1431)[1]. Les beaux-arts confirment leur évolution vers le réalisme : avec Sluter, la sculpture nous donne le premier portraitiste, tandis que la peinture connaît une heure de gloire[2] ; en architecture, c'est l'âge du gothique flamboyant (1438 : début des travaux de Saint-Maclou à Rouen), avec ses lignes sinueuses, sa recherche exagérée, son pathétique, son penchant pour la mise en scène, sa prédilection

1. La nouvelle génération est celle de Villon (né en 1431), Molinet (né en 1435), Jacques Milet (1428), Arnoul Gréban (vers 1420), Meschinot (1420-1422)...

2. Miniaturistes comme Fouquet *(Heures d'Étienne Chevalier)*, peintres comme Froment, le même Fouquet, Van Eyck *(Retable de l'agneau)*, Van den Weyden (*Jugement dernier* de Beaume). Les Van Eyck substituent la peinture à l'huile à la fresque médiévale (1420).

pour les décors surchargés (têtes de chérubins, guirlandes de dentelles, fioritures). En Italie, où se déploient les splendeurs du Quattrocento, a commencé une ère nouvelle : Florence, sous Cosme de Médicis, devient le grand foyer culturel de l'Europe, avec ses peintres (Mantegna, Pierro della Francesca, Boticelli), sa cathédrale, ses sculpteurs (Ghiberti, Vasari, Donatello), dont le renom dépasse celui des artistes flamands. Une bourgeoisie urbaine accède au premier plan, à côté d'une noblesse dont elle partage les rêves, et le règne de l'argent se confirme.

I. — L'histoire et la politique

A) *La littérature et le pouvoir.*

a) Le prince et les cours. Le XVe siècle s'est laissé fasciner par le personnage du prince, qui lui offre le spectacle du pouvoir et de la majesté. Avec l'institution de l'apanage, de vastes portions sont détachées du territoire de la couronne, et le bénéficiaire s'y conduit en souverain, dirigeant l'administration, s'aidant de conseils calqués sur le modèle central[1]. Les cours sont des centres culturels, qui s'attachent les artistes[2].

b) La littérature de prestige célèbre l'éclat magique de la royauté. Elle est cultivée surtout en Bourgogne, où les chroniqueurs s'attardent avec complaisance sur les fastes et la magnificence de la cour.

Georges Chastellain (1405-1475), dont l'œuvre historiographique, poétique et politique fait l'un des plus fameux écrivains de son temps, célèbre dans sa *Chronique* la royauté de Philippe le

1. Cf. Berry, Bourbon, Bourgogne, Orléans, Armagnac, Foix.
2. Pierre Chastellain séjourne chez Charles d'Orléans, Villon chez Bourbon, la cour de René d'Anjou apprécie peintres et littérateurs (Pierre de Hesdin, Antoine de La Sale) et se donne une allure exotique; Blois est connu par ses fêtes; la Bourgogne abrite Sluter, Van Eyck, Van den Weyden, Chastellain, La Marche, Molinet, Michaut Taillevent, Lefèvre de Saint-Rémy.

Bon ; Olivier de La Marche (1425-1502) rappelle le détail de l'étiquette de Bourgogne dans ses *Mémoires* et dans son *Traité des noces de monseigneur le duc de Bourgogne,* ainsi que dans *l'État de la maison du duc Charles* (1473).

Ces questions sont d'intérêt national, et donnent lieu à de savants ouvrages (les *Honneurs de la cour* d'Aliénor de Poitiers).

c) La littérature de conseil. La représentation du pouvoir reste traditionnelle dans sa référence aux critères moraux et religieux.

Meschinot résume dans les *Lunettes des princes* les qualités du souverain (Prudence, Force, Tempérance et Justice, dont le discours est un catalogue des devoirs religieux du souverain et de ses responsabilités devant Dieu) ; dans les *Ballades du mauvais prince,* il décrit la perversion de ces principes. Chastellain énumère 24 espèces de princes, modèles conventionnels dont la plupart pourraient sortir d'un roman. Le médecin-astrologue Pierre Choisnet rédige pour le dauphin Louis XI son *Rozier des guerres,* manuel d'éducation princière.

Seul Commynes se distingue : ses *Mémoires* adoptent du roi une conception plus moderne, qui fait déjà penser à Machiavel par sa lucidité et sa profondeur psychologique.

d) La littérature polémique. Le XVe siècle est dominé par la lutte des partis et l'opposition des maisons de France et de Bourgogne.

Chastellain *(Exposition sur la vérité mal prise, Mystère de la mort du duc Philippe, Souhaits au duc Charles)* et Molinet *(Ballade du lion rampant,* contre Louis XI ; Gilles des Ormes lui réplique par sa *Ballade du lion couchant)* prennent la plume pour la Bourgogne.

La liquidation du conflit avec l'Angleterre suscite encore des œuvres anti-anglaises, de Blondel *(Réponse d'un bon et loyal Français au peuple de France,* en 1420, qui s'en prend au pacte de 1420 ; *Droits de la couronne de France),* de Jouvenel des Ursins (*Discours tranchant les différends entre les rois de France et d'Angleterre* en 1435, *Traité compendieux de la querelle de France contre l'Angleterre* en 1449) ; le *Traité de la succession à la couronne et des droits du dauphin* de Jean de Terre-Rouge attaque la paix de Troyes ; Jeanne d'Arc sera réhabilitée (*Mémoire pour la révision du procès de Jeanne d'Arc* de Thomas Basin en 1453). Mais la politique royale et les mesures de Charles VII deviennent vite la cible des pamphlets.

Jouvenel des Ursins lance sa *Nouvelle épître au roi,* et ses *Remontrances au roi pour la réformation du royaume.* Le théâtre aussi s'en mêle : la *Farce nouvelle de Marchandise, Métier, Peu d'Acquest et le Temps qui court,* le *Franc archer de Bagnolet* raillent les réformes militaires.

Louis XI, dès la première année de son avènement (1461), est attaqué par une pièce : *Les gens nouveaux qui mangent le monde et le logent de mal en pire,* qui dénonce par avance les promesses du règne. Sa politique tracassière lui fait de nombreux ennemis : Meschinot[1] soutient la noblesse contre le roi. Dans son éloge de Charles VII, Henri Baude loue toutes les vertus (surtout la justice) que n'a pas son successeur, tandis que Martial d'Auvergne, dans les *Vigiles de Charles VII,* évoque un pays d'où toute joie est bannie[2].

B) *Une histoire partisane.*

a) Permanence des courants anciens. Les grands seigneurs qui protègent les écrivains leur demandent l'histoire de leur famille.

Ainsi, Guillaume Cousinot écrit la *Geste des nobles* à la gloire des Orléans, Perceval de Cagny ses *Chroniques* pour Alençon, 1436-1438, Jean Cabaret d'Orreville sa *Chronique du bon duc Louis de Bourbon* en 1429, Guillaume Gruel sa *Chronique d'Arthur de Richemont* en 1458, et Guillaume Leseur relate en 1477-

1. *Supplication de la pauvre nation de Bretagne pour la guérison de François II,* l'*Interdit de Nantes.* Meschinot est un gentilhomme breton.
2. « Adieu dames, bourgeoises, damoiselles / Fêtes, danses, outes... »

1479 les faits d'armes de Gaston de Foix. Jean Mansel pratique encore l'histoire universelle dans la *Fleur des hystoires* (1448). Le *Journal d'un bourgeois de Paris* est un précieux document sur la vie de la capitale jusqu'en 1450 ; celui de Jean de Roye *(Chronique scandaleuse)* nous donne un reflet fidèle de l'opinion moyenne de Paris ; celui de Clément de Fauquemberghe nous introduit à la vie du parlement entre 1412 et 1436 ; celui de Jean Aubrion est une œuvre de curiosité, intéressante par son observation de l'entourage.

b) Français et Bourguignons. Chaque parti a ses historiens attitrés.

La Cour de France charge Gilles le Bouvier, dit le héraut Berry, de chanter le roi et ses conquêtes *(Chroniques du roi Charles VII, Recouvrement de Normandie)*, Martial d'Auvergne fait l'éloge du même souverain dans ses *Vigiles de Charles VII.* Mais la Bourgogne leur oppose des auteurs bien plus prestigieux : Georges Chastellain, Matthieu d'Escouchy, Olivier de La Marche, Molinet, Jean Germain *(Liber de virtutibus)*, Jean de Haynin, Jacques Du Clercq, Jean Lefèvre de Saint-Rémy. Louis XI trouve en Thomas Basin un adversaire acharné (*Histoire de Louis XI* en latin), un détracteur grincheux de la cour d'Agnès Sorel. Le roi a ses historiens officiels (Jean Castel, Matthieu Lebrun), mais aucun n'atteint le renom de Commynes.

c) Commynes est le premier historien « moderne », le premier à éliminer de son œuvre les aspects personnels. Son désir de lucidité le conduit à une vision pessimiste de l'humanité. On ne voit chez lui que l'intérêt, la haine, la vanité, la cupidité, l'ignorance. Il se garde du pittoresque, de l'anecdote, qui fut la matière par excellence de l'historien médiéval. Les ressorts profonds de l'action, l'analyse prennent le pas sur le plaisir de conter : ce n'est pas là qu'il faut chercher les dates, les descriptions, les batailles. Les acteurs du drame, ce sont les hommes au pouvoir, le sujet, le gouvernement et ses principes. Ses *Mémoires* tiennent du traité politique : il faut aider les princes par l'évocation de ce qu'ont accompli les autres, de leurs calculs, de leurs pensées ; par l'étude de situations types. Parfois les digressions sont plus importantes que le récit des événements[1]. Sa philosophie : la politique est l'art des moyens efficaces ; le but suprême en est la réussite, limitée par l'intelligence et la volonté humaines, les effets de la fortune, et surtout par l'intervention de la providence. Louis XI, idéal du souverain (il a su s'entourer de bons conseillers, apprendre les leçons de l'histoire, se servir de la ruse), est le contraire de Charles le Téméraire, mégalomane, violent, et perdu dans un rêve chevaleresque périmé. La constitution anglaise, avec sa représentation nationale, lui offre un modèle enviable. Pourtant, sous cette objectivité sa cache un dessein apologétique, et souvent, un regard, qui, dans sa volonté de rester sans illusions, de démystifier le décor habituel de l'histoire, devient trop sombre ; Machiavel n'est pas loin.

II. — Le lyrisme : entre les poésie personnelles et la virtuosité formelle

A) *Les prolongements de la tradition courtoise.* — Les œuvres de Martial d'Auvergne (né en 1440), de René d'Anjou (le *Livre du cuer d'amour espris,* 1457) remanient les vieux motifs de la casuistique amoureuse ; mais tout s'imprègne d'un certain alanguissement, se surcharge de fioritures allégoriques communes au roman et à la poésie. Pierre Chastellain, dit Vaillant, harpeur de la cour de Charles d'Orléans (1408-1457), disciple de Taillevent, est un exemple typique de ce ton nouveau *(Les amoureux de l'observance).*

Jacques Milet nous offre, dans sa *Forêt de tristesse,* le modèle des productions de l'époque (1459) : Amant, après avoir risqué de se noyer dans la rivière de Refus, rencontre Subtilité qui lui apprend que tous les mortels doivent traverser la Forêt maudite ; le malade d'Amour finit par apercevoir la rivière de Merci.

1. II.6. L'avantage que les princes ont à connaître l'histoire ; IV.2. La fortune ; V.9. Défauts du Téméraire ; V.14. La justice de Dieu et les princes ; V.19. Le peuple français et la monarchie absolue.

B) *Charles d'Orléans (1394-1465).* — Prisonnier de 1415 à 1441 en Angleterre, il y compose une partie de son œuvre, l'achevant dans sa retraite de Blois.

Ses poèmes commencent à circuler vers 1442. Prince et poète, il chante la mélancolie, le « nonchaloir » avec un art raffiné et plein d'abandon, mélange de préciosité et de naturel, gracieux et superficiel. Il célèbre les rites de la vie mondaine, pratique volontiers la discipline de l'émotion par le culte de l'artifice, mais sait encore la suggérer par une subtile musique (le refrain devient le centre du poème). Il participe à la mode de l'allégorie, mais l'enrichit du procédé « flamboyant » de la métaphore filée et du rapprochement de termes concrets et abstraits en une expression concise (le *Livre de mélancolie,* la *Forêt d'ennuyeuse tristesse*), tissant un réseau de mystérieuses correspondances. Ce poète nostalgique et déchiré se réfugie dans son art, compagnon d'exil, écho de sa solitude. Par le jeu galant ou le rêve épicurien, il trompe l'ennui, et une forme parfaite[1], associée à un langage presque rituel, aux formules préétablies, recueille (et parfois console) ses obsessions, ses amours : « Je suis celui au cœur vêtu de noir. »

C) *François Villon* (1432-1464 ?), « escolier, enfant perdu et poète », s'est fait une véritable légende, inaugurant le cycle des « poètes maudits ». Sa vie fut agitée, sa poésie subtile et précoce. Il n'innove pas, et se plie volontiers aux règles de la versification de l'époque. Mais il leur donne un souffle nouveau, par sa sincérité, l'écho personnel de pièces où à chaque instant, sous le motif conventionnel et la technique apprise, apparaît le souvenir d'une existence pleine de péripéties, de drames, c'est du moins ce que livre une lecture « moderne », car le lien entre le « je » poétique et le « roman de Villon » n'est peut-être pas aussi évident qu'une critique positiviste le souhaiterait :

« Frères humains qui après nous vivez / N'ayez les cœurs contre nous endurcis. » Son *Lai* (1456) et son *Testament* allient satire et rhétorique, et font revivre les personnages de son entou-

1. Cf. le rondel : ABBA ABAB ABBABA avec triple retour du vers initial ; la ballade : ABAB BCCDED trois fois répétés.

rage. Ses accents deviennent pathétiques quand il évoque le temps qui fuit (« Mais où sont les neiges d'antan ? »), la jeunesse perdue, la mort horrible, ou le secours de la religion.

D) *Les rhétoriqueurs.* — « Gothique flamboyant » de la littérature, ce courant ne fait qu'exagérer les tendances du lyrisme courtois. Il prospère surtout à la cour de Bourgogne : il pratique sans vergogne tous les jeux de la rime, du rythme, de l'allégorie et de la mythologie, et la virtuosité remplace l'inspiration. Les arts de rhétorique ne s'épuisent pas[1].

A ce mouvement, on peut rattacher Jean Molimet (1435-1507) à la versification éblouissante (rime léonine, batelée et équivoquée, comme dans ce morceau de bravoure qu'est la *Ballade du lion rampant*), Olivier de La Marche (*Débat de Cuidier et de Fortune,* 1477 ; *Triomphe ou parement des dames,* 1493 ?), Chastellain (1405-1475) avec ses *Serviteurs de l'observance,* Jean Meschinot (1420-1491 : *Ballade de la dame lointaine*), voire des auteurs qui appartiennent déjà au XVIe siècle comme Guillaume Crétin (*Débat des deux dames,* 1461-1525) ou Octavien de Saint-Gelais.

III. — L'âge d'or du théâtre médiéval

Le XVe siècle est dominé par les productions de la scène. Les plus caractéristiques en sont les *Mystères de la Passion.* Les associations d'amateurs se multiplient[2].

A) *Les « Mystères ».* — Marcadé est le premier à mettre au centre du spectacle le destin de l'homme (le débat de Miséricorde et Justice devant Dieu dans la *Passion d'Arras,* vers 1420 ; cf. le *Mystère de la vengeance Jésus Christ*). L'auteur le plus célèbre reste Arnoul Gréban, dont le *Mystère de la Passion* (1450), un monument de 35 000 vers, illustre le mieux l'ampleur du genre. La mise en scène est, littéralement, spectaculaire : le sujet en

1. Antoine de Vergny, Jean Robertet et Georges Chastellain composent les *Douze dames de rhétorique ;* Molinet un *Art de rhétorique vulgaire.*
2. Les Clercs de la Basoche et les Enfants Sans Souci de Paris, les Suppôts de la Mère folle de Lyon, les Cornards de Rouen, les Guespins d'Orléans.

est l'histoire de l'humanité, depuis le tableau des premiers temps jusqu'à la mort du Christ, en passant par la Création, la mort d'Adam, le procès de Justice et Miséricorde devant Dieu, la naissance du Seigneur, les étapes de sa vie. Une pièce de ce type surprendra le public moderne ; il s'agit d'un véritable « festival » théâtral, où le déploiement de moyens est énorme (nous avons dans le cinéma un moyen de comparaison) : un échafaud avec des gradins, galeries et loges, divisé en une dizaine de compartiments avec un décor différent (les « mansions »). Il arrive que la représentation comprenne 70 scènes et 100 acteurs. L'auteur se sert largement de l'allégorie et de la personnification, et l'univers entier y est évoqué, limité d'un côté par la Gueule d'Enfer, de l'autre la Roue de Paradis. Tous les styles, tous les tons s'y retrouvent, de la pompe rhétorique au parler de la rue, du pathétique à la pastorale. Arnoul travaille avec son frère Simon au *Mystère des actes des apôtres* (entre 1452 et 1478). Jean le Prieur monte un *Mystère du roi Advenir* (1455), basé sur la légende de Barlaam et Josaphat, Guillaume Flameng un *Mystère de la Résurrection* (1458), puis le *Mystère du Vieil Testament* représenté en 1458 à Abbeville. Les sujets, en effet, ne se fondent pas uniquement sur la passion du Christ : Jacques Milet donne en 1453 une *Histoire de la destruction de Troie* ; Jeanne d'Arc fournit le sujet d'un *Mystère du siège d'Orléans* (1440) ; les saints figurent en bonne place après 1470 : *Mystère de saint Louis* (1470), *Mystère de saint Sébastien, Mystère de saint Adrien* (1485) ; le *Mystère de Job* (1478) reprend un épisode biblique souvent utilisé au Moyen Age. Mais on continue à écrire des pièces dans le cadre classique : *Mystère de l'Incarnation et de la Nativité* (1474), et surtout, en 1486, la *Passion de Jean Michel,* à Angers[1].

1. 45 000 vers, 10 journées.

B) *L'épanouissement du théâtre comique.* — La représentation suit un ordre immuable : après la « monstre » (défilé des acteurs, comme dans une parade de cirque), le « cry » suivi du « mystère » ou de la « sottie », de la moralité ou de la farce, avec parfois un « sermon joyeux ». Ainsi prolifèrent les « intermèdes comiques ». Les « sotties » ont pour acteurs des fous et des personnages allégoriques[1] : c'est le lever de rideau, décousu, fantaisiste, assez bref (300 à 500 octosyllabes).

Les sujets puisent dans tous les domaines : la *Folie des Gorriers* s'en prend aux abus sociaux, la *Sottie de l'astrologue* à la politique intérieure, la *Sottie pour le cri de la Basoche* au scandale des privilèges. Les farces sont encore plus nombreuses : entre 1440 et 1550 on en compte 150 ; en 300 à 400 vers, trois ou quatre personnages représentant des « conditions » (le mari, la femme, le valet, l'amoureux) sont joués, plus qu'ils ne jouent, par la mécanique implacable de la ruse. Ainsi la célèbre *Farce de maître Pathelin,* la *Farce du cuvier,* la *Farce du pâté et de la tarte,* l'*Obstination des femmes* (sous Louis XI), la *Farce du brigand,* la *Farce du pont aux Anes* (1475), la *Farce du meunier de qui le diable emporte l'âme en enfer* (1496). Le *Franc archer de Bagnolet* (1468), sur le thème du *miles gloriosus,* est un exemple de « monologue dramatique », genre dont relèvent aussi les « sermons joyeux », panégyriques facétieux déclamés par un acteur déguisé en prédicateur *(Sermon de saint Raisin, Sermon de monseigneur saint Jambon).* Les « fatras » permettent l'expression de la fantaisie la plus déchaînée, assaisonnant calembours et contrepèteries selon les airs de chansons à la mode (cf. Baudet Herenc).

C) *Les moralités.* — Le XVe siècle en a produit une soixantaine. Son propos est essentiellement didactique. Elle met en scène des personnifications morales, mêle les passages bouffons et sérieux, se posant comme genre intermédiaire entre le « mystère » et la farce.

Les sujets appartiennent à la religion (*Bien advisé et mal advisé,* à Rennes en 1439, oppose Raison, Contrition, Foi, Débauche ; *Mundus, Caro et Demonia,* de 1506, reprend le motif

1. *Les gens nouveaux qui mangent le monde et le logent de mal en pire* (1461), la *Folie des Gorriers,* le *Jeu du prince des Sots.*

des « trois ennemis de l'homme »), à la politique *(Métier, Marchandise, le Temps qui court et Peu d'Acquest* en 1440), à la morale *(L'Enfant ingrat,* les *Enfants de maintenant),* mais restent parfois très proches de la farce (*L'aveugle et le boiteux,* 1496).

IV. — Le roman

Les romans d'aventures ne sont pas abandonnés (*Pierre et Maguelonne* en 1457), car c'est l'époque ou le corpus épique et romanesque est mis en prose, pour donner un genre que l'Imprimerie répandra, le « roman de chevalerie » si apprécié de Don Quichotte[1].

Galien le restauré réduit Roland à la mesure de ses lecteurs (le fils de Roland, Olivier, élevé à Constantinople, part à la recherche de son père, le poursuit en Espagne, rejoint l'armée de Charlemagne à Roncevaux et venge son père).

Mais le XVe siècle a créé aussi des œuvres originales :

Les *Nouvelles de Sens,* recueil de contes édifiants sur des anecdotes drues, évoquent la réalité bourgeoise du milieu d'une petite ville française. Le *Petit Jehan de Saintré* d'Antoine de La Sale[2] raconte l'éducation d'un page par la Dame des Belles Cousines, qui finit par l'oublier dans les bras d'un gros abbé. Le *Jouvencel* de Jean de Bueil parle de la guerre avec un sens de la réalité peu fréquent au Moyen Âge. *Jean de Paris* (vers 1495) montre le roi d'Angleterre, venu épouser la fille du roi d'Espagne, se voir préférer un bourgeois (qui n'est que le roi de France déguisé). Quant aux *Cent nouvelles Nouvelles,* rédigées en Bourgogne, elles empruntent au *Decameron* de Boccace le procédé d'exposition (les journées et les conteurs) et puisent dans le même fonds d'anecdotes plus ou moins grivoises de maris trompés et de moines paillards.

V. — La littérature morale, didactique et satirique

La fin du Moyen Age apprécie tout autant que les autres siècles ces œuvres qui nous semblent dénuées d'intérêt par leur forme et leur sujet, toujours identique.

1. *Perceforest, Robert le diable ;* David Aubert remanie les *Conquêtes de Charlemagne* (1458) ; *Renaut de Montauban* (1462).
2. 1456. Cf. aussi *Le réconfort de madame du Fresne.*

Guillaume Alexis compose vers 1460 ses *Feintises du monde,* le *Débat de l'homme et de la femme,* le *Blason des fausses amours,* où il ressasse les poncifs moraux si souvent traités, l'inspiration religieuse est au centre de son *Dialogue du crucifix et du pèlerin,* du *Débat du mondain et du religieux.* Jean Castel, petit-fils de Christine de Pisan, rédige un *Miroir des pécheurs,* Michault Taillevent un *Psautier des vilains* et un *Régime de fortune,* Robert de Herlin un poème religieux : le *Pommier de douleur* (1481), et participe à la querelle des femmes par son *Accord des mesdisants et des biendisants* (1493). Pierre Michault écrit le *Doctrinal du temps présent* (1466), grammaire moralisée sur le modèle du *Doctrinale Puerorum,* et satire mordante des vices du temps, ainsi qu'une *Danse aux aveugles* (1465) où il fait intervenir la Mort, la Fortune, l'Amour, puis Entendement qui réconforte le poète en lui montrant qu'on peut se passer de l'amour, échapper à la fortune et se préparer à la mort[1]. Jean Germain apporte sa contribution à la littérature religieuse (1449, *Mappemonde spirituelle*) et didactique (*Discours du voyage outre-mer,* 1451, qui combine l'information géographique et le vieux thème de la croisade). Molinet moralise, à la fin du siècle, le *Roman de la Rose,* en prose. La production satirique reste importante, et le ton persifleur se rencontre chez beaucoup d'auteurs dans des œuvres dont le propos initial est de nature différente (dans le *Testament* de Villon) ; l'auteur le plus prolifique en ce domaine est Guillaume Coquillart (1421-1510), jurisconsulte et ecclésiastique, qui nous a laissé des pièces bizarres, remplies de crudités, de coq-à-l'âne, et surtout cocasses *(Plaidoyer entre la simple et la rusée,* satire des mœurs judiciaires à Paris, *Débat des dames et des armes, Les droits nouveaux).* Henri Baude, élu des Finances pour le Limousin, part en guerre contre les aberrations de la mode *(Ballade du gorrier Bragard, Lamentations Bourrien).*

1. « Fortune suis la déesse mondaine, / Empereris et dame de la terre, / De tous seigneurs terriens souveraine... »

Épilogue

1480-1500 (?)

Nous en arrivons à une période qui pose bien des problèmes à l'historien de la littérature, féru de limites chronologiques nettes : où s'arrête le Moyen Age ? Où commence la Renaissance ? Il ne serait que trop facile de se ménager une longue « époque de transition », qui s'étendrait de 1450 à 1500, car les indices de renouveau n'y manquent pas. Pour trancher, mais en restant sans illusions sur la valeur absolue d'une date, on peut s'en tenir à 1480, terminant la période médiévale avec Louis XI et Commynes, et prenant comme début des Temps modernes les guerres d'Italie (1494), cette aventure dans laquelle se lança Charles VIII, après avoir triomphé des derniers grands féodaux rebelles (la Guerre folle, 1488) et réuni la Bretagne à la France en épousant Anne (1491). Les règnes de Charles VIII et de Louis XII marquent d'ailleurs une césure dans la vie économique du pays, en pleine expansion après une longue stagnation.

I. — Le relèvement du pays

Jusqu'en 1480, les descriptions de la misère des campagnes subsistent : « Pendant plus de dix ans, les champs se couvraient de saules et d'autres arbres, d'épines, de buissons, et furent transformés en forêts impénétrables » (Thomas Basin)[1]. Mais après cette date, l'expansion recommence : les terres dévastées sont colonisées (« depuis quarante ans / L'on ne vit champs tellement fleuris / Regner si bon temps... », écrit Martial d'Auvergne dans les *Vigiles du roy Charles VII,* une allégorie pastorale sur la paix retrouvée). Claude de Seyssel, l'économiste, montrera en 1508, dans les *Louanges du roi Louis XII,* les progrès accomplis :

« Plusieurs lieux et grandes contrées qui souloient estre en friche ou en bois sont à présent tous cultivés et habités... Le peuple, par la longueur de la paix, est tant multiplié que l'on ne se devrait point émerveiller si on ne trouvait plus de gens pauvres. »

II. — Le renouveau culturel

La prise de Constantinople en 1453 signifie la fin de l'Empire byzantin. Mais l'Occident aussi se prépare à une ère nouvelle, dans la seconde moitié du siècle : l'imprimerie naît en Allemagne en 1455 et se répand rapidement (Strasbourg, 1458, puis Paris)[2]. Elle permettra une circulation plus aisée de la culture et de l'information, jusqu'ici enfermées dans les rares manuscrits.

Les guerres d'Italie vont mettre la France au contact de la brillante civilisation italienne du Quattrocento qui a déjà franchi le cap, et qui vient de s'enrichir de l'apport grec des savants qui, fuyant les Turcs, se sont réfugiés à Venise. Le monde s'élargit, et les « Grandes Découvertes » en transforment la représentation (Diaz en 1488, Colomb en 1492, Vasco de Gama en 1497). C'est le moment où naissent les hommes qui donnent le début des Temps modernes et modifient les structures de la conscience occidentale : Léonard de Vinci a déjà 48 ans en 1500, Machiavel 31, Luther 17. La tradition de l'hu-

1. Cf. Meschinot dans les *Lunettes des princes,* Molinet dans la *Ressource du petit peuple* (1477 : évocation du cortège de Famine, Fraude et Rapine suivi d'une femme allaitant, mais sans lait, qui est Justice portant le petit peuple), dans le *Testament de guerre* (1478-1482) et le *Temple de Mars.*

2. 1455 : Gutenberg imprime la *Bible mazarine* ; 1470 : Guillaume Fichet installe l'imprimerie à Paris ; 1477 : impression du premier livre en français.

manisme, déjà bien vivante depuis Charles V, subit une recrudescence qu'expliquent à la fois la diffusion de l'imprimerie et les voyages de Pic de La Mirandole, Béroaldo et Balbi. La « Renaissance » commence en France, dans ce domaine, avec Jean Miélot, Guillaume Fichet, Robert Gaguin, qui illustrent la Faculté des Arts, introduisent l'imprimerie à l'Université (1470) et déclenchent un retour en force de l'Antiquité, accélérant la *translatio studii.* Les bibliothèques de Blois et de Fontainebleau montrent l'intérêt que l'on prend un peu partout à ce renouveau et surtout à la cour, que Louis XI oriente vers le savoir. La connaissance du grec et du platonisme se répand quand Lefèvre d'Étaples[1] étudie au collège Lemoine. Comme les manuels traditionnels ne permettent pas d'apprécier les auteurs antiques et italiens, l'un des premiers ouvrages à sortir des presses parisiennes fut l'œuvre de Valla, les *Aelegantiae,* qui offrit à l'humanisme français une méthode philologique et stylistique, et lui donne l'occasion de progresser seul.

III. — La dernière génération médiévale ou la première de la Renaissance ?

Un certain nombre d'auteurs sont à cheval sur les deux périodes : nés dans les années 1460-1470, ils vivent encore au premier quart du XVIe siècle. Leur art ne diffère pas beaucoup de celui de leurs prédécesseurs, les rhétoriqueurs.

Guillaume Cretin (1461-1525) fut pensionné par Louis XII et François Ier : il a composé plusieurs « chants royaux » et des épîtres, genre que Clément Marot rendra fameux. Jean Marot (1463 ?-1526), secrétaire de François Ier, commémore dans son *Voyage de Gênes* (1499) l'expédition de Louis XII ; il est aussi l'auteur du *Doctrinal des princesses et nobles dames* (24 rondeaux et prose). Octavien de Saint-Gelais (1466-1502), évêque à 28 ans, père de Melin de Saint-Gelais, le poète du XVIe siècle, traduit Virgile et Ovide en vers, et rime la *Chasse d'amour* et le *Séjour d'honneur.* Claude Bouton (1470-1556), cousin d'Olivier de La Marche, chambellan et conseiller de Charles Quint, se fait le

1. 1490. *Introduction à la métaphysique d'Aristote.* Une chaire de grec existe à Paris depuis 1466. Florence est alors le centre le plus actif du platonisme (fondation de l'académie platonicienne en 1464; *Theologia Platonica* de Marsile Ficin en 1469).

défenseur du beau sexe dans son *Miroir des dames.* Catherine d'Amboise († 1550) s'est rendue célèbre par le *Chant royal de la plus belle qui jamais fut au monde.* Ces écrivains produisent encore, alors que Clément Marot publie ses premiers vers (1515) dans la tradition des rhétoriqueurs (le *Temple de Cupido*).

La génération qui les suit est celle de Rabelais, né en 1494, Melin de Saint-Gelais, né en 1491, poète officiel jusqu'en 1558.

IV. — Moyen Age et Renaissance

Les relations du Moyen Age à l'humanisme ne sont pas simples. Il nous est malaisé d'imaginer les deux cultures autrement que séparées. Mais rien n'est plus faux que cette image : les deux tendances vont coexister longtemps, au XVe comme au XVIe siècle. Il n'y a pas eu de dégoût subit pour les subtilités des rhétoriqueurs et de l'allégorie, qui n'ont pas été remplacées du jour au lendemain par une écriture nouvelle. Même dans l'Italie du Quattrocento, le fond de la culture est resté médiéval, et les traits médiévaux sont bien enracinés dans l'esprit de la Renaissance. Les formes changent avant l'esprit : tout commence par le style, dès l'époque de Jean de Montreuil et Nicolas de Clamanges. La perfection des Anciens est admirée et imitée depuis un siècle, et la « conversation littéraire », l'échange épistolaire si caractéristique de l'humanisme, est déjà à la mode depuis ce moment. La Bourgogne revit dans la splendeur le dernier éclat du Moyen Age, mais c'est dans cette aire de civilisation que l'humanisme biblique d'Érasme inaugure les perspectives neuves. Au XVIe siècle, les genres et les structures du passé subsistent : Jean Lemaire de Belges aurait pu écrire cent ans avant ; les « mystères » sont représentés jusqu'en 1548 ; la « danse macabre », l'allégorie restent des motifs vivants. Il n'y a pas de rupture, mais une centaine d'années d'évolution, de juxtaposition de deux mondes.

BIBLIOGRAPHIE

TEXTES ET TRADUCTIONS

On trouvera de nombreux textes dans les collections suivantes : *Éditions :* Société des Anciens textes français (Picard) ; Classiques français du Moyen Age (Champion) ; Publications romanes et françaises (Droz) ; Classiques de l'Histoire de France au Moyen Age (Belles Lettres) ; quelques textes également aux Éditions Garnier-Flammarion et Gallimard (coll. « Folio »). *Traductions :* Champion ; Stock plus (série Moyen Age) ; Livre de Poche, collection bilingue « Lettres gothiques ».

INSTRUMENTS BIBLIOGRAPHIQUES

R. Bossuat, *Manuel bibliographique de la littérature française du Moyen Age,* Melun, 1951 ; suppléments en 1955, 1961 et 1986. — O. Klapp, *Bibliographie der französischen Literaturwissenschaft,* Francfort, Klostermann, annuel depuis 1960 ; *Bulletin bibliographique de la Société Rencesvals,* Paris, Nizet (annuel) ; *Bulletin bibliographique de la Société internationale arthurienne,* depuis 1949 (annuel).

OUVRAGES GÉNÉRAUX

Outre les revues spécialisées *(Romania, Le Moyen Age, Cahiers de civilisation médiévale, Revue des langues romanes),* et les volumes de la collection « Unichamp » (Éd. Champion), on pourra consulter :

P.-Y. Badel, *Introduction à la vie littéraire du Moyen Age,* Bordas, 1969. — *Dictionnaire des lettres françaises, Le Moyen Age,* Fayard, La Pochotèque, 1992. — *Entretiens sur la renaissance du XIIe siècle,* Paris, Mouton, 1968. — H. Bloch, *Étymologie et généalogie. Une anthropologie littéraire du Moyen Age français,* Le Seuil, 1989. — E. Faral, *Les jongleurs,* Champion, 1910. — J.-M. Fritz, *Le discours du fou au Moyen Age,* Paris, PUF, 1992. — *Grundriss der romanischen Literatur des Mittelalters,* Heidelberg, K. Winter, 1968 et s. — J. Huizinga, *L'automne du Moyen Age,* Paris, 1977 (dern. éd.). — *L'humanisme médiéval dans les littératures romanes,* Paris, Klincksieck, 1964. — H.-R. Jauss, *Alterität und Modernität der mittelalterlichen Literatur,* Munich, 1977. — Ch.-V. Langlois, *La vie en France au Moyen Age d'après les moralistes du temps,* Paris, 1926. — J. Le Goff, *Les intellectuels au Moyen Age,* Paris, Seuil, 2e éd., 1985 ; *Pour un autre Moyen Age,* Gallimard, 1977 ; *L'imaginaire médiéval,* Gallimard, 1985 ; *La civilisation de l'Occident médiéval,* Arthaud, 1964 (réédité dans des collections de poche). — A. Pauphilet, *Le legs du Moyen Age,* Champion, 1950. — D. Poirion, *Le merveilleux dans la littérature du Moyen Age,* « Que sais-je ? », 1982 ; *Précis de littérature française du Moyen Age,* Paris, PUF, coll. « Premier cycle », 1992 ; *La subjectivité littéraire, autour du siècle de Saint Louis,* Paris, PUF, 1985. — P. Zumthor, *Histoire littéraire de la France médiévale,* PUF, 1950 ; *Essai de poétique médiévale,* Seuil, 1972. — *Typologie des sources du Moyen Age occidental,* Brepols, Turnhout, 1972 et s.

PREMIÈRE PARTIE : DES ORIGINES A 1250

1) *La chanson de geste*

Actes des Congrès internationaux de la Société Rencesvals (tous les trois ans). — J. Bédier, *Les légendes épiques,* Champion, 1908-1913. — *Chanson de geste und höfischer Roman,* Heidelberger Kolloquium, Studia Romanica, 1963 (en français). — D. Boutet, *Jehan de Lanson. Technique et esthétique de la chanson de geste au XIIIe s.,* PENS, 1988 ; *La chanson de geste, forme et signification d'une écriture épique médiévale,* Paris, PUF, 1993. — W. Calin, *The Old French epic of revolt,* Droz, 1962 ; *The Epic Quest,* Baltimore, 1966. — La chanson de geste et le mythe carolingien, *Mélanges R. Louis,* Vézelay, 1982. — M. de Combarieu, *L'idéal humain et l'expérience morale...,* Champion, 1979. — J. Dufournet, *Cours sur la Chanson de Roland,* CDU, 1972. — S. Duparc-Quioc, *Le cycle de la Croisade,* Paris, 1955. — J. Frappier, *Les chansons de geste du cycle de Guillaume d'Orange,* SEDES, 1967. — J.-H. Grisward, *Archéologie de l'épopée médiévale,* Payot, 1981. — B. Guidot, *Recherches sur quelques chansons du cycle de Guillaume d'Orange,* Aix-en-Provence, 1986. — E. A. Heinemann, *L'art métrique de la chanson de geste,* Genève, Droz, 1993. — J. Horrent, *La Chanson de Roland dans les littératures française et espagnole du Moyen Age,* Belles Lettres, 1961. — A. Iker Gittleman, *Le style épique dans Garin le Lorrain,* Droz, 1967. — H.-E. Keller, *Autour de Roland,* Champion-Slatkine, 1989. — P. Le Gentil, *La Chanson de Roland,* Hatier, 1967. — F. Lot, *Études sur les légendes épiques françaises,* Champion, 1948. — R. Louis, *Girart, comte de Vienne,* Auxerre, 1947. — J.-P. Martin, *Les motifs dans la chanson de geste,* Centre d'Études médiévales et dialectales, Université de Lille III, 1992. — R. Menendez Pidal, *La Chanson de Roland et la tradition épique des Francs,* Picard, 1960. — F. Mora, *L'Énéide médiévale et la chanson de geste,* Paris, Champion, 1994. — G. Paris, *Histoire poétique de Charlemagne,* Paris, 1865. — M. de Riquer, *Les chansons de geste françaises,* Nizet, 1957. — J. Rychner, *La chanson de geste, essais sur l'art épique des jongleurs,* Droz, 1955. — M. Rossi, *Huon de Bordeaux et l'évolution du genre épique au XIIIe siècle,* Champion, 1975. — I. Siciliano, *Les chansons de geste et l'épopée,* Turin, 1968. — *La technique littéraire des chansons de geste,* Actes du Colloque de Liège, Belles Lettres, 1959. — F. Suard, *La chanson de geste,* « Que sais-je ? », 1993. — J. Subrenat, *Étude sur Gaydon,* Université de Provence, 1974. — M. Tyssens, *La geste de Guillaume d'Orange dans les manuscrits cycliques,* Belles lettres, 1967. — J. Wathelet-Willem, *Recherches sur la Chanson de Guillaume,* Belles Lettres, 1975.

2) *La poésie lyrique et les troubadours*

M. Aurell, *La Vielle et l'épée,* A. Aubier, 1989. — P. Bec, *Écrits sur les troubadours,* Éditions Paradigme, 1992 ; *La lyrique française au Moyen Age,* Picard « Études », 1977. — J. Boutière et A.-H. Schutz, *Biographies des troubadours,* Nizet, 1964. — Ch. Camproux, *Le Joy d'Amor des troubadours,* Montpellier, 1965. — R. Dragonetti, *La technique poétique des trouvères dans la chanson courtoise,* Bruges, 1960. — P. Dronke, *The medieval lyric,* Londres, 1968 ; *The Medieval Poet and his World,* Rome, 1984. — H.-P. Dyggve, *Gace Brulé, trouvère champenois, édition et étude historique,* Helsinki, 1951. — J. Frappier, *La poésie lyrique en France aux XIIe et XIIIe siècles,* CDU, 1952. — R. Guiette, *D'une poésie formelle en France au Moyen Age,* Nizet, 1972. — *Il miglior fabbro, Mélanges P. Bec,* Poitiers, 1991. — P. Jonin, *L'Europe en vers au Moyen Age,* Champion, 1984. — R. Lafont, *Trobar,* Montpellier, 1972. — G. Lavis, *L'expression de l'affectivité dans la poésie lyrique, XIIe-XIIIe siècle,* Belles Lettres, 1972. — P. Le Gentil, *Virelai et Villancico. Le problème des origines arabes,* Belles Lettres, 1954. — J. Mailland, *Évolution et esthétique du lai lyrique,* Paris, 1961. — H.-I. Marrou, *Les troubadours,* Seuil, 1971. — R. Nelli, *L'érotique des troubadours,* UGE, 1974. — L. Spitzer, *L'amour lointain de Jaufré Rudel...,* Chapell Hill, 1944. — M. Ungureanu, *Société et littératures bourgeoises d'Arras,* chap. V, Arras, 1955. — M. Zink, *La pastourelle,* Bordas, 1972 ; *Les chansons de toile,* Champion, 1978. — P. Zumthor, *Langue et technique poétique à l'époque romane,* Paris, Klincksieck, 1963.

3) *Le phénomène courtois et le roman*

F. Barteau, *Les romans de Tristan et Iseut, introduction à une lecture plurielle,* Larousse, 1972. — R. Baum, *Recherches sur les œuvres attribuées à Marie de France,* Heildelberg, 1968. — E. Baumgartner, *Le Tristan en prose, essai d'interprétation d'un roman médiéval,* Droz, 1975 ; *L'Arbre et le pain, études sur la Queste del Saint-Graal,* SEDES, 1981 ; *Tristan et Iseult,* Paris, PUF, « Études littéraires », 1987. — *Le récit médiéval (XIIe-XIIIe s.),* Hachette, 1995. — Reto R. Bezzola, *Le sens de l'aventure et de l'amour,* Paris, 1947 ; *Les origines de la littérature courtoise en Occident,* Champion, 1944. — D. Boutet, *Charlemagne et Arthur ou le roi imaginaire,* Paris, Champion, 1992. — M.-L. Chênerie, *Le Chevalier errant...,* Genève, Droz, 1986. — L. G. Donavan, *Recherches sur le Roman de Thèbes,* SEDES, 1975. — F. Dubost, *Aspects fantastiques de la littérature narrative médiévale,* Paris, Champion, 1991. — E. Faral, *Recherches sur les sources latines des contes et romans courtois,* Champion, 1913 ; *La légende arthurienne,* Paris, 1929. — J. Flori, *L'essor de la chevalerie,* Genève, Droz, 1986. — A. Fourrier, *Le courant réaliste dans le roman courtois,* Nizet, 1960. — J. Frappier, *Amour courtois et Table ronde,* Droz, 1973 ; *Chrétien de Troyes,* Hatier, 1968 ; *Chrétien de Troyes et le mythe du Graal,* SEDES, 1972 ; *Étude sur la Mort le roi Artu,* Droz, 1939 ; *Autour du Graal,* Droz/Champion, 1977. —L. Harf, *Les fées au Moyen Age,* Paris, Champion, 1984. — P. Jonin, *Les personnages féminins dans les romans français de Tristan,* Gap, 1958. — E. Köhler, *L'aventure chevaleresque,* Gallimard, 1972. — P. Lakits, *La châtelaine de Vergi et l'évolution de la nouvelle courtoise,* Debrecen, 1966. — M. Lazar, *Amour* *courtois et fin'amors dans la littérature du* XIIᵉ *siècle,* Klincksieck, 1964. — S. Loomis, *Arthurian literature in the Middle Ages,* Oxford, 1959. — F. Lot, *Étude sur le Lancelot en prose,* Champion, 1954. — J. Marx, *La légende arthurienne et le Graal,* Paris, 1952 ; *Nouvelles recherches sur la littérature arthurienne,* Klincksieck, 1965. — P. Matarasso, *The Redemption of chivalry,* Droz, 1980. — Ph. Ménard, *Le rire et le sourire dans la littérature courtoise...,* Droz, 1969 ; *Les Lais de Marie de France,* PUF, 1979. — P. M. O'Hara Tobin, *Les Lais anonymes,* Droz, 1976. — A. Micha, *De la chanson de geste au roman,* Droz, 1976 ; *Étude sur le « Merlin » de Robert de Boron,* Droz, 1980. — F. Mora, *L'Énéide médiévale et la naissance du roman,* PUF, 1994. — A. Petit, *Naissances du roman,* Champion-Slatkine, 1985. — M. Stanesco et M. Zink, *Histoire européenne du roman médiéval,* Paris, PUF, 1992. — P. Zumthor, *Merlin le Prophète,* Lausanne, 1943.

4) *Fabliaux et « Roman de Renart »*

J. Batany, *Scène et coulisses du Roman de Renart,* Paris, SEDES, 1989. — J. Bédier, *Les fabliaux,* Champion, 1913. — D. Boutet, *Les fabliaux,* Paris, PUF, « Études littéraires », 1985. — Ch. Foulon, *L'œuvre de Jean Bodel,* PUF, 1958. — P. Nykrog, *Les fabliaux,* 2ᵉ éd., Droz, 1973. — J. Rychner, *Contribution à l'étude des fabliaux,* Droz, 1960. — R. Bossuat, *Le Roman de Renart,* Hatier-Boivin, 1957. — J. Dufournet, *Petite introduction aux branches I, Ia et Ib du Roman de Renart,* CDU, 1971. — *Épopée animale, fable, fabliau,* éd. par G. Bianciotto et M. Salvat, PUF, 1981. — L. Foulet, *Le Roman de Renart,* Champion, 1914. — J. Flinn, *Le Roman de Renart dans la littérature française et dans les littératures étrangères au Moyen Age,* PUF, 1963. — J. Graven, *Le procès criminel du Roman de Renart,* Genève, 1950. — P. Ménard, *Les fabiaux, contes à rire,* Paris, PUF, 1983. — J. Scheiddeger, *Le Roman de Renart ou le texte de la dérision,* Genève, Droz, 1990. — L. Sudre, *Les sources du Roman de Renart,* Paris, 1892.

5) *Littérature morale, scientifique, didactique, etc.*

G. Bianciotto, *Bestiaire du Moyen Age,* Stock plus, 1980. — Fl. McCullogh, *Medieval Latin and French Bestiaries,* Chapel Hill, 1962. — R. Mohl, *The Three Estates in medieval and Renaissance litterature,* New York, 1933. — C. Segre, *Li Bestiaires d'Amors di Maistre Richard de Fornival,* Milan, 1957. — R.-G. Stone, *Les Arts d'Aimer dans la littérature française du* XIIIᵉ *siècle,* Paris, 1956. — M. Zink, *La prédication en langue romane avant 1300,* Champion, 1976.

6) *Le théâtre*

P. Aebischer, *Neuf études sur le théâtre médiéval,* Genève, 1972. — J.-Cl. Aubailly, *Le théâtre médiéval profane et comique,* Larousse, 1975. — R. Axton, *European Drama of the early Middle Ages,* Londres, 1974. — G. Cohen, *Études d'histoire du théâtre en France au Moyen Age...,* Gallimard, 1956. — G. Frank, *The medieval French drama,* Oxford, Univers, Press, 1954. — A. Henry, *Le Jeu de saint Nicolas,* Bruxelles-Paris, 1962.

7) *Chroniqueurs et historiens*

J. Beer, *Villehardouin, Epic historian,* Droz, 1968. — P. Dembowski, *La Chronique de Robert de Clari,* Toronto, 1963. — J. Dufournet, *Les écrivains de la IV*e *Croisade,* SEDES, 1972. — B. Guenée, *Histoire et culture historique dans l'Occident médiéval,* Paris, 1980 ; *Politique et Histoire au Moyen Age,* Paris, 1981.

DEUXIÈME PARTIE : DE 1250 A LA FIN DU MOYEN AGE

1) *La poésie lyrique*

J. Cerquiglini, *Guill. de Machaut et l'écriture au XIV*e *siècle,* Paris, Champion, 1985. — R. Deschaux, *Michaut Taillevent, un poète bourguignon du XV*e *siècle,* Genève, Droz, 1975. — P. Droucke, *The medieval lyric,* Londres, 1968. — J. Dufournet, *Recherches sur le Testament de Villon,* Paris, SEDES, 1971. — E. Faral - J. Bastin, *Rutebeuf, Œuvres,* Paris, Picard, 1976. — B. Folkart, *Pierre Michaut. Œuvres poétiques,* coll. « 10/18 », 1980. — J. Fox, *La poésie lyrique de Charles d'Orléans,* Paris, Nizet, 1971 ; *The poetry of Villon,* 1962. — G. Gros - M.-M. Fragonard, *Les formes poétiques du Moyen Age à la Renaissance,* Nathan Université, 1995. — P. Guiraud, *Le Testament de Villon et le Gai Savoir de la Basoche,* Paris, Gallimard, 1970. — H. Heger, *Die Melancholie bei den französischen Lyriken des Spätmittelalters,* Bonn, 1967. — D. Kelly, *Medieval Imagination. Rhetoric and the poetry of courtly love,* Wisconsin Press, 1978. — D. Kuhn, *La poétique de François Villon,* Paris, Colin, 1967. — J. C. Laidlaw, *The poetical works of Alain Chartier,* Cambridge, UP, 1974. — E. Mac Leod, *Charles d'Orléans, prince and poet,* Londres, 1969. — J. Moulin, *Christine de Pisan,* Paris, 1962. — Y. A. Neal, *Recherches sur la vie du chevalier-poète Jean de Garencières et son cercle littéraire,* Paris, CDU, 1953. — A. Piaget, *Oton de Granson. Sa vie. Ses poésies,* Genève, Payot, 1941. — A. Planche, *Charles d'Orléans ou la recherche d'un langage,* Champion, 1975 ; *Une femme de lettres au Moyen Age. Études autour de Christine de Pizan,* Éd. L. Dulac - B. Ribemont, Paradigme, 1995. — D. Poirion, *Le poète et le prince,* Grenoble, 1965. — N. F. Regalado, *Poetic patterns in Rutebeuf,* Yale UP, 1970. — J. Ribard, *Un ménestrel du XIV*e *siècle, Jean de Condé,* Genève, Droz, 1969. — M. E. Seaton, *Studies in Villon, Vaillant and Charles d'Orléans,* Oxford, 1957. — J. Siciliano, *Villon et les thèmes poétiques du Moyen Age,* Paris, Nizet, 1967. — S. Wharton, *René d'Anjou. Le cuer d'amour espris,* coll. « 10/18 », 1980. — P. Zumthor, *Langue, texte, énigme,* Paris, Seuil, 1975 ; *Le masque et la lumière, ibid.,* 1978 ; *Anthologie des grands thétoriqueurs,* Paris, « 10/18 », 1978.

2) *La littérature historique*

P. F. Ainsworth, *Froissart and the Fabric of History,* Oxford, 1991. — P. Archambault, *Seven French Croniclers,* Syracuse UP, 1974. — J. Bastin, *Jean Froissart, chroniqueur, romancier et poète,* Bruxelles, 1941. — G. T. Diller, *Attitudes chevaleresques et réalités politiques chez Froissart,* Genève, Droz, 1984. — J. Dufournet, *La destruction des mythes dans les*

Mémoires de Philippe de Commynes, Genève, Droz, 1966. — *La vie de Philippe de Commynes,* Paris, SEDES, 1964. — N. Dupire, *Jean Molinet. Sa vie, ses œuvres,* 1932. — E. Gaucher, *La biographie chevaleresque. Typologie d'un genre (XIIIe-XVe s.),* Champion, 1994. — B. Guénée, *Histoire et communauté historique dans l'Occident médiéval,* Aubier-Montaigne, 1980. — M. Hardy, *Olivier de La Marche and chivalry in the XVth century,* Londres, 1970. — G. Jacquin, *Le style historique dans les récits français et latins de la 4e Croisade,* Champion, 1986. — J. Le Goff, *Saint Louis,* Gallimard, 1996 ; *Splendeurs de la Cour de Bourgogne. Récits et chroniques,* Éd. D. Régnier-Bohler, coll. « Bouquins », Laffont, 1995. — A. Pauphilet, E. Lognon, *Historiens et chroniqueurs du Moyen Age,* Paris, coll. « Pléiade », 1952. — F. S. Shears, *Froissart, cronicler and poet,* Londres, 1930. — K. Urwin, *Georges Chastellain,* Paris, 1937.

3) *La littérature narrative*

A. Coville, *Le Petit Jehan de Saintré,* Paris, 1937. — F. Desonay, *Antoine de La Sale, aventureux et pédagogue,* Liège, 1940. — G. Doutrepont, *Les mises en prose des épopées et des romans chevaleresques du XIVe au XVIe siècles,* Bruxelles, 1939. — J. Dubuis, *Les Cent Nouvelles et la tradition de la nouvelle en France au Moyen Age,* Paris, PUF, 1973. — C. E. Pickford, *L'évolution du roman arthurien en prose vers la fin du Moyen Age,* Paris, Nizet, 1954. — J. Rasmussen, *La prose narrative française du XVe siècle,* Copenhague, 1958. — M. Stanesco, *Jeux d'errances du chevamier médiéval,* Leyden, Brill, 1988. — M. Stanesco, M. Zink, *Histoire européenne du roman médiéval,* PUF, 1992. — F. Suard, *Guillaume d'Orange. Étude du roman en prose,* Champion, 1979. — B. Woledge, *Bibliothèque des romans et nouvelles en prose française antérieure à 1500,* 1954 ; *Suppl.,* Droz, 1975.

4) *Le théâtre*

M. Accarie, *Le théâtre sacré à la fin du Moyen Age : le mystère de la Passion de Jean Michel,* Droz, 1980. — J.-Cl. Aubailly, *Le monologue, le dialogue, la sottie,* Paris, Champion, 1976. — J.-P. Bordier, *Le Jeu de la passion. Le message chrétien et le théâtre français, XIVe-XVIe s.,* Orléans, Paradigme, 1995. — J. Dufournet, *Adam de La Halle à la recherche de lui-même,* Paris, SEDES, 1974. — R. Glutz, *Miracles de Nostre Dame par personnages,* Berlin, 1957. — W. Helmich, *Die Allegorie im französischen Theater des XVn und XVIn Jahrhunderts,* Niemeyer, 1976. — B. Rey-Flaud, *La farce ou la machine à rire,* Droz, 1984. — H. Rey-Flaud, *Le cercle magique,* Paris, Gallimard, 1973 ; *Pour une dramaturgie du Moyen Age,* Paris, PUF, 1980. — M. Rousse, J. Dufournet, *Sur la farce de maître Pathelin,* Paris, Champion, 1986. — K. Schoell, *Das komische Theater des franz. Moyen Age,* Fink, 1975.

5) *Littérature morale, didactique et satirique*

D. M. Bell, *Étude sur le Songe du Vieil Pelerin de Philippe de Mézières,* Droz, 1955. — J. Blanchard, *La pastorale en France aux XIVe et XVe siècles,* Paris, Champion, 1983. — Chr. Deluz, *Le livre de Jehan de Mandeville. Une « géographie » au XIVe siècle,* Louvain-la-Neuve, 1988. — M. Léonard, *Le « dit » et sa technique littéraire des origines à 1340,*

Champion, 1996. — A. Matthieu, *Nicole Oresme, sa vie et ses œuvres,* Paris, 1963. — J.-Cl. Muhlethaler, *Fauvel au pouvoir. Lire la satire médiévale,* Champion, 1994. — A. Strubel, Ch. de Saulnier, *Littérature et cynégétique : les livres de chasse du XIVe siècle,* PUF, 1993.

6) *La littérature allégorique*

P.-Y. Badel, *Le Roman de la Rose au XIVe siècle,* Droz, 1980. — J. Batany, *Approches du Roman de la Rose,* Bordas, 1973. — J. Fleming, *The Roman de la Rose,* Princeton UP, 1969. — A. M. Gunn, *The Mirror of Love,* Lubbock, 1952. — D. F. Hult, *Self-fulfilling. Prophecies. Readership and Authority in the First « Roman de la Rose »,* Cambridge UP, 1986. — H. R. Jauss, *La littérature didactique, allégorique et satirique, Grundriss,* VI, Heidelberg, 1972. — G. A. Jonen, *Allegorie und späthöfische Dichtung in Frankreich,* Fink, 1976. — M. R. Jung, *Étude sur le poème allégorique en France au Moyen Age,* Berne, 1971. — C. S. Lewis, *The allegory of love,* New York, 1958. — D. Poirion, *Le Roman de la Rose,* Hatier, 1974. — D. Ruhe, *Le dieu d'Amours avec son paradis,* Munich, Fink, 1974. — A. Strubel, *Le Roman de la Rose,* PUF, 1984 ; *La Rose, Renart et le Graal,* Champion, 1989. — R. Tuve, *Allegorical Imagery,* Princeton UP, 1966.

TABLE DES MATIÈRES

Imprimé en France
Imprimerie des Presses Universitaires de France
73, avenue Ronsard, 41100 Vendôme
Avril 1997 — N° 43 704